DE LA MÊME AUTRICE

Aux Éditions Gallimard

SAUVER LES MEUBLES, roman, 2017.

NITRATE

CÉLINE ZUFFEREY

NITRATE

roman

nrf

GALLIMARD

Au cinéma

Et à celles qui ont ouvert la voie

(...) nous en sommes encore à peindre les hommes sur fond d'or, comme les tout premiers primitifs. Ils se tiennent devant de l'indéterminé. Parfois de l'or, parfois du gris. Dans la lumière parfois, et souvent avec, derrière eux, une insondable obscurité.

R. M. RILKE, *Notes sur la mélodie des choses*

(...) les historiens racontent des événements vrais qui ont l'homme pour acteur ; l'histoire est un roman vrai. Réponse qui, à première vue, n'a l'air de rien...

P. VEYNE, *Comment on écrit l'histoire*

I

Depuis le pont où Constance est assise, elle voit le fleuve en entier. Un coureur, training et bonnet noir, progresse sur une langue de terre au milieu du cours d'eau. Large d'un chemin seulement, la bande se réduit au fur et à mesure. Un peu d'herbe, des morceaux de pain gonflés, tout au bout des bouteilles. Des cygnes atterrissent depuis le ciel gris, leurs pattes pédalent et frappent l'eau. De là où elle se trouve, Constance observe le joggeur en plan large, chacune de ses foulées se détache, avec la distance on dirait qu'il court au ralenti. Devant, à plusieurs dizaines de mètres, il y a la terre qui se termine en pointe, et puis l'eau. Ses enjambées régulières sont nettes sur la brume, automatiques. Ce coureur ne s'arrêtera jamais de courir, c'est ce que Constance se dit, alors que la distance entre lui et le fleuve se réduit. Foulée après foulée, les bras relevés à la taille, le regard droit devant, le coureur court. Sur son banc, elle se redresse, retient son souffle. Il va courir le fleuve, passer de la terre à l'eau sans changement de rythme, sans plus d'effort. Constance est seule, personne sur le pont, personne sur les rives, seulement les cygnes que ça n'intéresse pas. Foulée après foulée, le coureur se rapproche. Spectatrice, elle participe autant que lui à sa course, son regard, sa croyance, c'est à deux qu'ils battront l'eau. Plus que quelques mètres. Elle est trop loin pour entendre, elle imagine le bruit que feront ses baskets sur la surface, des *floc floc* moins bruyants que ceux des cygnes. À deux mètres de l'eau, le joggeur tourne autour d'une motte que Constance ne voit pas, et repart dans l'autre sens, en rythme. Il n'est même pas allé jusqu'au bout.

Déçue, inconfortable comme quand on trace au crayon un cercle dont les deux extrémités ne se rejoignent pas, Constance resserre sa veste, ajuste son écharpe. Elle fixe la fin de la terre, son coureur à elle court encore droit devant.

Dans la salle de montage, on vit toujours la même heure. Les rideaux tirés et les lampes sur les côtés nimbent la pièce d'une lumière égale. Pas d'horloge au mur, de la moquette pour atténuer les bruits. La porte est épaisse, un hublot donne sur le couloir. On jette un coup d'œil à son téléphone pour avoir une idée de la date, du temps qui passe.

Constance aime ce retrait, elle s'y glisse comme dans un cocon. Une fois à l'extérieur, revenue au monde, elle s'arrête au café, celui qui fait l'angle d'une avenue passante, sa table à côté de la fenêtre. Les vélos qui slaloment, les piétons avec leur sac de courses, les jeunes qui se déplacent en grappes, ceux qui traversent au feu rouge, les touristes, les perdus : elle est au cinéma.

À la table de montage, assise en tailleur sur sa chaise de bureau, Constance est penchée sur l'écran, fait défiler les plans de la scène à terminer. Au-dessus de son clavier, un abat-jour en ferraille vert foncé qui sent le brûlé, avec interrupteur sur le dessus, elle l'a depuis qu'elle est enfant, c'est la lampe qu'elle allumait la nuit, pour éloigner les monstres. Elle sait que la pénombre est mauvaise pour ses yeux, que les écrans sont mauvais pour sa myopie. Tous les ans, son ophtalmologue lui prescrit des lunettes à correction plus forte, et quand elle parle de son métier il lui répond « ah ben oui ».

Sur l'écran, une coulée de boue défigure un petit village de campagne. La rivière qui passe à côté de la mairie est sortie de son lit après les fortes pluies qui accablent la région depuis cinq jours. Des plans de voitures immergées, de courants violents, d'eau brune et de couvertures de survie.

Constance isole les séquences, prépare un premier jet : la rivière qui se déverse sur les trottoirs, le village vu depuis hélicoptère, la photo d'une villa avant la catastrophe, son propriétaire, un homme âgé, qui pleure en ouvrant les bras d'impuissance, et le plan fixe de sa maison, porte grande ouverte, meubles casseroles et souvenirs charriés par l'eau sombre. Crépitement des touches, ses doigts trouvent leur place sur le clavier sans qu'elle les regarde. Elle déplace les rushes : ouverture sur le visage de l'octogénaire, le front plissé, des larmes, plan de la maison détruite, elle supprime la photo de la villa dans ses beaux jours pour passer directement à la coulée de boue, rapprocher cause et conséquence, et termine par la vue aérienne du village, conclusion classique en plan d'ensemble.

— Tu réinventes le Déluge ?

— Ils ont oublié de filmer l'arche.

Franck, l'ingé son, approche une boîte en fer à côté du clavier, remplie de muffins au glaçage rose.

— Théo les a faits avec sa mère. « C'est pour tes amis du travail papa. »

Elle en prend un, le dépose sur la table. Elle ne mange pas ce qui a été cuisiné par d'autres, encore moins par un enfant de huit ans. Mains sales, cuillère léchée qui mélange la pâte.

— Ça promet pour ce soir !

La boîte sous le bras, un muffin dans une main.

— T'en veux un autre ?

— Ça va merci.

Il croque dedans, des bouts de glaçage tombent sur la moquette.

— Au fait Franck, bon anniversaire !

Son sourire est plein de chocolat.

Elle repousse le gâteau, s'éloigne un peu des rushes pour mieux les évaluer. Elle a oublié de lui demander s'il allait utiliser le témoignage du vieux « toute ma vie j'ai vécu dans cette maison, c'est toute ma vie cette maison » ou si la voix off le remplacera « le doyen du village, effondré face à son logement dévasté ».

Si elle mettait les plans de l'inondation en premier, les rues boueuses, le village ravagé, ensuite comme pivot la maison sinistrée, puis la photo de la villa neuve et fière avec son jardin fleuri, pour finir par le visage du propriétaire en pleurs. Par-dessus une voix off « après les terribles inondations qui ont détruit son domicile, Hervé ne s'est pas laissé abattre : avec l'aide des habitants du village, il a remis sa maison sur pied, plus belle que jamais ; Hervé, ému, remercie tous ceux qui l'ont aidé à traverser cette épreuve ».

Quand on la questionne sur ce qu'elle fait et qu'elle répond « monteuse », les gens la regardent sans comprendre. Ils se demandent ce qu'elle peut bien monter. Des meubles ? Des escaliers ? Qu'est-ce qui a besoin d'être monté, sans machine, comme ça, à la main ? Avec son clavier, à sa table, Constance manipule le temps et l'espace. Elle choisit, organise. Des mêmes séquences, elle tire la catastrophe ou la renaissance. Elle fouille.

Dans les pixels, au fin fond des rushes, Constance cherche le sens dans les images. Les récits en puissance.

De retour chez elle, elle glisse le cadeau pour Franck dans son sac, retrouve le muffin qu'elle avait enveloppé dans une serviette pour éviter les taches. Elle n'allait pas le jeter au boulot et risquer que le papa l'aperçoive au fond d'une poubelle.

Finalement, elle a choisi un montage simple, une inondation lisible : coulée de boue - environnement - maison détruite - homme qui pleure. Le reportage passera demain soir.

Avant de partir, elle sort son téléphone, active la caméra, commence le rituel. D'abord la chambre, elle vérifie qu'aucune lumière n'est allumée, que le chauffage électrique est débranché. Le bureau ensuite, la fenêtre bien fermée et le téléphone correctement raccroché. La salle de bains, pas d'eau qui coule. Le salon, télé éteinte, bougies aussi. La cuisine, le plus compliqué, il faut s'assurer que le grille-pain est débranché, que les plaques et le four sont éteints, que rien ne coule du robinet, que la porte du frigo est bien fermée. Dans l'entrée, un doute, elle doit recommencer. Elle a hâte d'être à la soirée, d'offrir son cadeau à Franck, mais si quelque chose tournait mal… La caméra de son téléphone enregistre toujours son parcours, garant si son appartement inondait celui du dessous, témoin au cas où le bâtiment prendrait feu. Elle a tout fait comme il faut, elle n'a pas commis d'erreur. La chambre - le bureau - la salle de bains - le salon - la cuisine, elle pousse un soupir décidé, ferme la porte à double tour, presse le pas dans le couloir, appelle l'ascenseur et, une fois à l'intérieur, stoppe l'enregistrement. Elle ne regarde jamais les films qu'elle fait de son appartement.

II

Deux heures du matin, Constance soulagée à l'arrière du taxi. Elle se détache des voix, du mélange de musique et de rires, des visages connus et inconnus. Elle est en sécurité, sur la banquette lisse et anonyme, dans l'habitacle qui sent le cuir et la clim. Satisfaction du travail bien fait, du devoir accompli, elle aime les fêtes qui sont derrière elle.

Il a plu. La chaussée brille, les lumières du dehors se réfléchissent dans les gouttes qui étoilent la vitre. Le chauffeur ne parle pas, tant mieux. La musique est basse, il pourrait augmenter le volume, l'écouter comme il le fait quand il est seul dans sa voiture. Constance n'est pas vraiment là, toute au film qui défile derrière la fenêtre passager.

Du monde encore dans les bars, les éclats rougeoyants de cigarettes, un homme la double en skate, feu rouge, sous l'auvent d'un bus, à côté d'une pub éclairée, un tas de couvertures, feu vert, les pneus glissent sur l'asphalte humide, bruissement étouffé, dépasse la silhouette en skate, un pont se reflète dans la Seine, un boulevard large et droit, les rues parallèles se confondent, vides, rien qu'un aperçu, les vitrines illuminées, mannequins immobiles, un monde déserté, de gros nuages gris sur le noir du ciel.

Il n'y a plus d'urgence à retrouver son appartement, à être sûre qu'en son absence il n'a pas brûlé, inondé, n'a pas été dévalisé. Si elle y repense elle a du mal à retrouver la puissance du doute qui l'a fait multiplier les contrôles, l'angoisse est passée, jusqu'à la prochaine.

Une supérette qui fait l'angle, shampoings alignés contre la vitrine, des rideaux de fer baissés, un vélo désossé, feu rouge, à côté d'elle une même voiture noire, une femme à l'arrière, sur son portable, de longs cils, des cheveux noirs, elle lui envie une vie qu'elle imagine en quelques secondes, feu vert, les deux fenêtres se suivent, accrochées encore, et puis l'une des voitures vire et elle perd son visage.

III

Les matinées cotonneuses de lendemains de soirées. Constance grignote, boit un deuxième thé, a enfin le temps d'ouvrir ce livre qu'elle a emprunté à la bibliothèque, qui attend sur sa table basse, bientôt en retard. Elle le tient du bout des doigts, toucher poussiéreux des pages brunies et rêches, l'inconfort de lire des choses déjà lues par d'autres, d'autres mains d'autres canapés, quels résidus de peau morte, quel postillon séché, quels poils cils cheveux incrustés dans les pages.

> « À une époque où les "rétrospectives" sont de mode, peut-être les souvenirs de *la doyenne* des femmes metteurs en scène trouveront-ils quelque faveur auprès du public. Je n'ai pas la *prétention* de faire œuvre littéraire, mais simplement d'amuser, d'intéresser le lecteur par des anecdotes, des souvenirs personnels, sur leur grand ami le cinéma, que j'ai aidé à mettre au monde. »

Elle s'appelle Alice Guy. En 1895, elle assiste à une des premières projections des frères Lumière. Alors secrétaire de Léon Gaumont, elle veut essayer, fait un premier film, puis deux, puis cent. Aux naissances il n'y a pas de nom, ce qu'elle fait n'a pas encore été baptisé, Alice Guy est la première femme réalisatrice.

Constance l'a découverte au hasard d'une page Wikipédia. Elle cherchait tout autre chose, et puis son nom mentionné, et en bas de l'article la référence de son autobiographie. Constance l'a empruntée à la bibliothèque, pour voir.

Le livre ouvert dans sa main droite, le dos lui entaille doucement la paume, elle dévide ses Mémoires. C'est l'histoire d'une petite fille qui naît dans la région de Paris. Ses parents vivent au Chili mais sa mère, d'origine française, tient à ce que cette enfant-là naisse « au pays ». Enceinte, elle embarque depuis Valparaíso sur un navire qui, sept semaines plus tard, arrive en France. Quelques mois après sa naissance, Alice est confiée à sa grand-mère, et sa mère repart au Chili.

Lorsqu'elle a trois ans, ses parents la rapatrient à Valparaíso. Elle rencontre son père et sa mère, dont elle n'a aucun souvenir, ses frères et sœurs, la vie sur un autre continent. Famille aisée, son père possède plusieurs librairies qui prospèrent. Elle est curieuse, se sent bien partout. Quand elle a six ans on la réveille en pleine nuit, on l'habille chaudement et la revoilà sur un cargo, à nouveau la France. Vies d'allers-retours, Constance ne comprend pas comment on peut s'adapter si vite. Alice Guy est placée dans un pensionnat avec ses sœurs, y restera jusqu'à la faillite des librairies chiliennes, la mort de son frère puis de son père. Trop jeune pour se marier, elle vit avec sa mère à Paris, commence des études de sténodactylo, est engagée par Léon Gaumont et devient, à vingt et un ans, la secrétaire de l'établissement.

Page après page, Constance déroule la vie que se rappelle Alice Guy. Ses Mémoires sont joyeux, sans autre prétention que de raconter, de piocher par-ci par-là, suivre le rythme désordonné des souvenirs. Constance elle n'a en tête aucune histoire que lui auraient racontée ses grands-parents, ces événements qu'on répète pour le plaisir, qui font voir que chaque vie est un roman. Entre témoignage et confidence, Alice Guy regarde en arrière avec le sourire. Les difficultés passées s'atténuent, les petites joies ressortent, le plaisir de l'anecdote. Constance sent le bonheur qu'elle a à se rappeler, raconter cette vie qu'elle ne présente pas plus importante qu'une autre, une vie qui vaut la peine d'être lue.

Ses Mémoires ont été publiés huit ans après sa mort. C'est déchirant pour Constance. Elle l'imagine, proposer son histoire, son passé, récolter des refus, des peut-être, attendre les réponses. Vouloir raconter, ne pas pouvoir. Déchirant qu'elle n'ait pas su qu'on finirait par l'entendre, qu'on finirait par la lire. Dans son canapé, tête penchée sur ces lignes, un mot après l'autre, cette vie à l'aube du cinéma, une vie de pionnière. Alice Guy qui ignore ses lectrices et ses lecteurs, dialogue silencieux, une rencontre presque manquée, une rencontre quand même.

Elle dépose le livre, va se laver les mains, méthodiquement, le savon mousse dans les paumes, entre les doigts, se débarrasser de la poussière des autres. Elle ouvre son ordinateur, un nom et un prénom dans le moteur de recherche. Une archive INA : c'est une interview, en noir et blanc, Alice Guy, âgée, assise face caméra. C'est le son qui la saisit d'abord ; comme on a de la peine à croire que les gens sont morts quand on entend leur voix. Son timbre ne tremble pas, il grésille comme grésillent les films d'il y a longtemps. Ses cheveux blancs et fins sont coiffés en un chignon élégant et compliqué. Des boucles d'oreilles, un collier de perles à trois rangs, une broche ferme le col de sa chemise. Elle doit avoir quatre-vingts ans, l'âge où elle rédige ce que Constance est en train de lire. Les rides impriment la personnalité dans les traits ; d'après les marques et les traces, on voit si un visage a plus souvent ri ou froncé les sourcils. Les pommettes d'Alice Guy sont saillantes, mises en évidence par deux rides profondes de chaque côté de la bouche, là où les lèvres se sont souvent étirées, et les pattes d'oie élargissent ses yeux, les remontent vers le haut. Pas de doute, si on l'avait croisée dans la rue, par hasard, elle nous aurait souri.

Elle raconte : « C'est en effet une très vieille histoire, qui remonte à 1896... Vous voulez savoir cette histoire ? Bon. » Elle tourne son premier film, et puis d'autres, beaucoup d'autres. Gaumont s'agrandit, construit le plus grand studio du monde, elle dirige le service des prises de vues pendant des années, jusqu'à son mariage et son départ aux États-Unis. Là, près de New York, elle fonde sa société de production, la Solax, une des plus importantes avant Hollywood.

On estime qu'elle a réalisé cinq cents à sept cents films. Des courts-métrages de cinq minutes d'abord, jusqu'aux films de cinq bobines, une heure et demie de long-métrage. L'interview continue et la journaliste demande :

— Vous avez encore des films que vous avez tournés ?

— Malheureusement on n'en retrouve pas.

— On n'en retrouve pas ?

— Non, mais moi je les retrouverai, ça j'en suis sûre.

Elle dit ça en regardant la caméra, avec ses rides, ses cheveux tirés en chignon et son dos droit. Après de mauvais investissements, son mari a ruiné la Solax ; les studios ont été loués à d'autres, puis ont brûlé. Lui déménage en Californie avec sa maîtresse, Alice Guy divorce et rentre à Paris. En France le cinéma a changé, l'expérience de la pionnière n'intéresse pas, elle ne réalisera plus aucun film.

Elle essaie alors de retrouver ses pellicules, en Europe et aux

États-Unis, pendant quarante ans elle cherchera ses films. Les sources divergent : certaines affirment qu'elle a retrouvé deux de ses films en Allemagne, d'autres qu'elle n'en a retrouvé aucun.

Comment tant de films peuvent disparaître ? Constance face à cette femme qui tente de rassembler des preuves de sa vie. Constance sachant, cinquante ans plus tard, avec cette connaissance amère, cruelle, injuste des suivants qui regardent en arrière, sachant qu'elle ne retrouvera rien, ou deux seulement, presque rien. Comment les choses, à ce point, nous échappent ?

Constance n'a ni pitié ni tristesse désolée, elle est perdue, apeurée, échouée.

Qu'une vie laisse si peu de traces
qu'autant de films disparaissent
alors rien

Quel repère, quelle certitude. Ne peut-on même pas garder ce qu'on a fait ? Se raccrocher au moins à cette réalité-là ?

Constance est ballottée par l'instabilité, l'incertitude. Il lui faut des preuves, du solide, des prises. Elle vit dans un monde plus poreux que les autres. Où tout est possible. Où la fiction, le « et si », le chaos sont à la porte. Constance a besoin de choses certaines sur lesquelles s'appuyer. Croire que si on a réalisé sept cents films alors on les retrouve, que si on a participé à la naissance du cinéma alors notre place est assurée. Constance n'avait jamais entendu son nom.

Alice Guy, avec son visage ridé et ouvert, ses sourcils levés, disponible au monde, une canne et toujours une broche au col, Alice Guy va d'un pays à l'autre, écrit aux cinémathèques, demande « Vous n'auriez pas vu mes films ? ». Elle fait la liste de ses bobines, écrit leur titre dans un carnet. Aucune amertume dans ces yeux-là, mais une confiance tranquille, oui, soixante ans plus tard elle retrouvera ses films. Qu'importent le temps et l'oubli de l'Histoire, Alice Guy fait comme elle a toujours fait, avec une détermination joyeuse et solide.

Constance reprend le livre, poursuit la lecture. Une suite de noms qu'elle ne connaît pas, scientifiques, ingénieurs, médecins éminents de l'époque. Et puis, au milieu d'un paragraphe :

> « Je rencontrai là des savants tels que : (...) Joseph Vallot, astronome et géographe qui avait installé son observatoire au sommet du mont Blanc. Il m'invita à y monter, m'offrant de me donner des guides. Malheureusement, mon mariage m'empêcha de me rendre à son invitation. »

T'empêcha ? Tu monteras, Alice. Tu n'as pas pu, mais tu monteras.

Constance l'y emmènera, elle qui est partout empêchée. Incapable de goûter un muffin préparé par d'autres, de sortir simplement de son appartement, de lire un livre de la bibliothèque sans se laver les mains, encore et encore. Disparues l'insouciance, la légèreté, tout n'est que vérifications et précautions. Constance vit dans la terreur de la contamination et du risque. Et si. Le « et si » a ravagé son univers. Il s'est installé par petites touches, des avancées minimes mais qui étendaient l'emprise, profitant de moments de fatigue pour gagner du terrain, se faisant passer pour de la prudence, insidieusement l'envahit, la contrôle tout entière. Elle habite le doute, n'a plus d'autre horizon. La moindre incertitude lui est insupportable. Et si elle n'avait pas fermé la porte. Et si le robinet coulait encore. Prévenir la catastrophe et contrôler une menace imaginaire, infime risque, un sur un million, anecdotique, impossible, oui mais et si. Esclave d'une angoisse impossible à supporter, vérifier encore que la porte est fermée, court répit, le doute revient, pire encore, balaie la vérification précédente, celle d'avant, et la suivante. Aucune réassurance ne la calme, assiégée, comme une seconde peau, ça la dévore, ne lui laisse plus rien, rien n'est sûr, tout est menace, plus aucun retranchement où se sentir en sécurité, tous les abris sont détruits. Constance est empêchée de tout. Cernée, recluse, épuisée. Elle ne peut plus résister pour elle, refuser pour elle, alors elle résiste pour une autre, dit non pour une autre ; peut-être n'est-elle pas complètement vaincue.

Elle ne peut rien pour les Mémoires publiés huit ans trop tard, ne peut rattraper les films perdus, les faibles deux films retrouvés, rien ou presque, mais elle peut faire parler les images. C'est ce que fait Constance, elle monte des morceaux disparates pour leur donner du sens. C'est ce qu'a fait Alice, créer des histoires avec des images, des images en mouvement, la fiction aussi réelle que n'importe qui.

Si un film montre Alice Guy monter au mont Blanc, c'est qu'elle y est montée.

Dans une ville du Canada, près de l'Alaska, des travaux ont commencé pour construire un centre de loisirs à la place de la patinoire municipale.

Les bulldozers brisent la glace, creusent le sol. Dans le trou immense, mélangées à la terre, des pellicules, emmêlées, entassées, oubliées là.

Cinq cent trente-trois bobines des années 1905 à 1930.

À l'époque, Dawson City était une étape de la ruée vers l'or, et la fin du circuit de distribution des films. Une fois qu'ils avaient été projetés au cinéma de la ville, ils étaient jetés dans un trou. Puis on a rempli d'eau la fosse, elle est devenue une patinoire. Cinquante ans plus tard, dans la chaleur du mois d'août, les bulldozers déterrent les cinq cent trente-trois bobines, un pan de l'histoire du cinéma, des pellicules qui pour certaines étaient déclarées perdues pour toujours.

Des habitants diront que bien sûr, ils savaient que les films se trouvaient là. Parfois un bout de pellicule dépassait de la glace, et avec leur briquet ils s'amusaient à lui mettre le feu.

IV

Quelques mots tapés dans la barre de recherche

L'appartement est silencieux. À son bureau, en tailleur, Constance plonge.

Comprendre. Alice Guy, 1896, 1902, Constance n'a aucune image de cette époque-là, ce siècle-là est un souvenir flou d'école.

Elle découvre le premier film d'Alice Guy, une femme face caméra, un plan fixe en noir et blanc, quelques minutes seulement. La pellicule tremble, des accrocs, des griffures. C'est la première fois que Constance regarde un film si vieux. Elle le lance encore, fébrile. Dans les images, quelque chose.

Dans les images quelque chose, et puis d'autres vidéos, d'autres pages, Constance s'immerge dans le flot, tous ces noms qu'elle ne connaît pas, ces mots qu'elle ne sait pas, préciser, saisir, submergée par l'information, balayée par l'information, de lien en lien, les fenêtres s'accumulent, de blogs en sites officiels, le niveau monte, toute cette eau en dormance, réveillée, agitée par une femme devant son ordinateur, immobile, les yeux grands ouverts, le jour disparaît, les lampadaires s'allument et son visage baigné d'une lumière délavée, le flux bouillonne, plus possible d'en dégager une signification, des repères, Constance se laisse ballotter, traversée par ces images d'un siècle, ces événements inconnus, oubliés, d'une autre rive, imprégnée, débordée, envahie, sur un carnet à couverture noire elle griffonne des mots qu'elle comprend à peine, le bout de ses doigts glacé, qu'elle ne sent plus, Internet est sans fond, l'Histoire n'a pas de fin, *abysses* s'écrit au pluriel, elle avance, elle s'enfonce, d'autres choses à trouver, dans les images quelque chose, on a découvert les grottes ornées à la lumière de lampes frontales, Constance noyée, l'eau s'infiltre, la houle la soulève, la rejette, la reprend. L'emporte. Elle se laisse engloutir par l'information, l'Histoire et les images.

Constance rabat l'écran de l'ordinateur, obscurité de l'appartement. Tremblante, rejetée sur le rivage, elle reprend une faible respiration, bouge maladroitement, retrouve peu à peu son corps.

Alice Guy, son histoire, ses films, les premiers films, l'invention du cinéma. Dans les images quelque chose. Constance, depuis Alice Guy, bascule dans l'obsession des débuts du cinéma et des films perdus.

V

Son bureau est recouvert de Post-it. Une écriture rapide, au feutre noir, les lettres se précipitent. Elle met du temps à se relire. Elle récolte les morceaux de papier carrés, ces notes prises de nuit, à la lumière de l'écran. Des dates écrites en gros, des noms, le début d'une chronologie, les événements les uns après les autres, Constance tente de mettre de l'ordre.

Pour connaître Alice Guy, comprendre son époque. L'histoire du cinéma est une suite de destins incroyables, de drames, de péripéties, de symboles. Ceux qui inventèrent le cinéma s'appelaient Lumière. Les premiers spectateurs ont fui devant le train projeté sur l'écran. Des légendes, des légendes. Son langage c'est les images, mais elle n'a jamais plongé dans leur histoire. Constance devant le conteur, tellement de conteurs, les livres et Internet racontent, il était une fois le cinéma, et Constance, comme l'enfant, veut qu'on lui répète l'histoire, qu'on la raconte encore. Bientôt, d'autres histoires viennent concurrencer la grande, il était de multiples fois.

Elle a trouvé d'autres noms avant les deux frères, l'origine du cinéma recule ; si pas les Lumière, alors qui ?

Elle feuillette les livres achetés ou empruntés, souligne au crayon, relit les notes de son carnet noir, essaie de ne pas se perdre.

Constance, comme l'enfant, veut savoir. Comprendre, tout comprendre, elle se plonge dans les écrits de l'époque « J'étais hier au royaume des ombres... ». Un nouveau monde. Avant elle, avant Hollywood, la couleur, la parole. Si pas les Lumière alors qui ?

28 décembre 1895, le cinéma naît. Mais quelques mois auparavant, deux autres frères projettent leurs images à Berlin. Plus tôt encore, en 1893, Émile Reynaud anime une suite de dessins. 1891, Thomas Edison réalise son premier film. Dès 1888, un Français nommé Le Prince projette à ses amis une danse dans un jardin. Et il y en a d'autres. L'origine s'éloigne, jusqu'où remonter encore ?

Ses recherches font vaciller le 28 décembre 1895, il lui faut trouver un équivalent. Il doit bien y avoir un jour, un inventeur, une balise à partir de laquelle on peut dire avant et après. L'Histoire est solide. On l'apprend à l'école, ce qu'elle nous enseigne est la vérité. Ces repères fondent notre passé commun et, quand la vie présente trébuche, c'est aux dates éternelles qu'on se raccroche : le jour de notre naissance, la Terre a 4 543 milliards d'années, la Première Guerre a commencé le 28 juillet 1914. On ne fauche pas ces certitudes-là.

Le cinéma n'est pas le fruit d'une date, la volonté d'un seul, il est la conséquence d'une époque, la convergence de techniques, en Amérique, en Europe, en Asie, des inventeurs, sans se connaître, travaillent à la même chose : saisir. On a déjà la voix, il faut la vie. Comprendre. Capturer. La photographie a montré le chemin, il faut le mouvement.

Il n'est pas apparu pour divertir, il était l'outil de la science. Donner à voir le monde. Le cinéma est né d'un profond désir de dissection : décomposer le mouvement. Saisir le vol d'un oiseau, la respiration d'une grenouille, les mouvements d'un tendon, le battement d'un cœur. En fait, tout a commencé par un pari.

Étienne-Jules Marey, médecin français, s'intéresse à la « locomotion terrestre », il veut comprendre le fonctionnement de la « machine animale ». Ses études sur le galop du cheval entrent en contradiction avec les peintures classiques : selon Marey, le cheval n'a pas les quatre pattes qui quittent le sol lorsqu'il est en extension, le fameux « galop volant » n'existe pas. Voilà que Rubens, Géricault, Degas se seraient trompés. On s'insurge, on demande des preuves, on offre un prix à qui résoudra le mystère. En 1878, Eadweard Muybridge, un Anglais, relève le défi. Après de nombreux essais, il convoque les journalistes le long d'une piste où sont disposées vingt-quatre chambres photographiques. Occident, le cheval, s'élance, déclenchant sur son passage les vingt-quatre appareils. Verdict : Rubens, Géricault et Degas ont menti.

Muybridge et Marey se lancent dans cette nouvelle discipline, la chronophotographie. Ils défont les animaux et les hommes : vol de pélican, vol de colombe, saut à la perche, femme descendant un escalier, homme qui se couche et se relève, vol de cigogne, femmes se saluant, hommes portant un seau. C'est toute la vie à détailler, toute la vie à enregistrer. La moitié du cinéma est là, ce qu'il faut maintenant c'est recomposer le mouvement, le projeter.

Voilà, on ne résiste pas au piège de raconter une histoire. Choisir un événement, le monter, le construire, oublier les autres. Les personnages sont là, typiques, singuliers, un pari, une tension, un enjeu, le fait transformé en symbole. Sans cesse se rappeler l'arbitraire des récits, pour une légende combien d'accidents, de miracles, de drames non racontés, combien de vies tues, revenir en arrière, détricoter, dépouiller l'événement de la fiction, la réalité pour elle-même, nue, une suite d'épisodes sans lien entre eux, ni dénouement ni morale, la réalité pour elle-même, l'évidence crue d'un image par image.

Le cinéma, un profond désir de dissection. Constance se retrouve dans l'obsession de la chronophotographie. Qu'est-ce qui se joue, en fait, dans les vingt-quatre clichés d'un cheval au galop ? Décomposer ses mouvements, et les fixer pour toujours ; la compréhension, et la maîtrise. Elle parcourt les pages des ouvrages scientifiques, ces hommes et ces femmes sur fond noir qui marchent, se baissent, montent un escabeau, un mouvement à la fois. Une berceuse pour Constance, compréhension et maîtrise.

Elle a perdu une date, la naissance du cinéma n'existe pas, quelles autres certitudes menacent de tomber ensuite ? Elle se calme, se repose parmi ces bras qui se lèvent un muscle après l'autre, ces instants isolés, ce temps suspendu, dans l'image par image elle trouve un abri, un chez-soi ; un espace qu'elle découvre et reconnaît, une demeure.

Les images qu'elle voit dans les livres, elle les cherche sur Internet, les imprime sur feuilles A4. Du noir et blanc, les coins se replient un peu sous le poids de l'encre. Elle les pose au sol, attend qu'elles sèchent et puis un bout de Scotch, les images les unes à côté des autres. Elle tapisse ses murs de cette vie fractionnée, taillée en pièces. Retenue et contrôlée. Avoir prise.

Face à son bureau, elle accroche la photo d'un homme.

Son corps blanc se détache du fond noir.

Jambe gauche tendue, jambe droite fléchie, bras droit le long du corps, bras gauche au niveau des hanches.

Pied droit à plat, pied gauche relevé, jambes fléchies, le bras s'abaisse.

Jambe droite tendue, jambe gauche fléchie, bras gauche le long du corps, bras droit au niveau des hanches.

Encore.

Un homme qui marche.

Voir. Interrompre le mouvement de la vie pour voir. L'invisible, les interstices, un secret. Il y a de l'ivresse à voir, de la jouissance à voir.

Bien plus qu'une curiosité, ces images sont un lieu. En décomposant et en fixant le mouvement, parvenir aux confins, accéder au territoire qui compte, celui de l'origine. L'origine dira tout, expliquera tout, briser l'atome, isoler les gènes, parvenir à la réponse, une seule. Pour Constance rien ne va de soi, le réel si fragile, les frontières poreuses, les limites inexistantes, la vie est à résoudre. Elle cherche la réponse qui fera du tout un tout, ultime réassurance, la seule qui tienne, qui la retienne. La chronophotographie, le chemin vers l'origine, elle est là, juste là, se devine, est logée ici, entre deux images.

Le soleil s'est couché encore, l'appartement est froid, Constance fiévreuse. « J'étais hier au royaume des ombres… » Hébétée, elle masse le bout de ses doigts, glacés, rigides, lointains. Elle s'est encore égarée dans les documents, les dates et les noms, happée par l'histoire. Quand elle remonte à la surface, après avoir côtoyé le passé et ses images, le présent et la vie ont changé un peu.

Lors de la première projection publique et payante du cinématographe des frères Lumière, le 28 décembre 1895, dix films ont été montrés :

La Sortie de l'usine Lumière à Lyon
La Voltige
La Pêche aux poissons rouges
Le Débarquement du congrès de photographie à Lyon
Les Forgerons
Le Jardinier
Le Repas de bébé
Le Saut à la couverture
La Place des Cordeliers à Lyon
La Mer

Pas de train, ni de gare.

VI

— Vous avez encore des films que vous avez tournés ?

— Malheureusement on n'en retrouve pas.

— On n'en retrouve pas ?

— Non, mais moi je les retrouverai, ça j'en suis sûre.

Au fil de ses recherches, Constance a découvert que le destin des films d'Alice Guy n'est pas une exception. On estime que les deux tiers des pellicules des quinze premières années du cinéma ont disparu. En nitrate de cellulose, elles sont hautement inflammables et le gaz qu'elles dégagent les rend explosives. Plus une pellicule vieillit et s'endommage, plus sa température d'autocombustion baisse. « Films flammes », des désastres en puissance. Leur conservation est délicate mais qu'importe, il n'était pas question de les épargner à l'époque. Les films étaient avant tout des produits de consommation ; le public veut de la nouveauté, on recycle les sels d'argent et la cellulose pour en faire d'autres films, on détruit les pellicules pour libérer de la place.

Un film de quinze minutes fait trois cents mètres, à peu près une bobine. Pour un long-métrage d'une heure, il faut mille deux cents mètres de pellicule, soit trois bobines de quatre cents mètres. Le cinéma est encombrant.

L'arrivée du parlant a été l'occasion de purger les bobines muettes, passées de mode. Puis une nouvelle pellicule, moins inflammable, a porté le coup fatal : depuis 1961 il est interdit d'utiliser du nitrate.

Divertissement, industrie, le film n'était pas un objet de patrimoine. Ce sont des passionnés, au début des années 1930, qui ont arpenté les marchés aux puces, les cinémas en faillite et les brocantes. Les premières archives de films ont été l'œuvre de particuliers, des collectionneurs amoureux qui sauvaient les pellicules des bennes et de l'oubli, les abritant dans leurs placards et leurs baignoires.

Constance les imite, c'est la première fois qu'elle se rend au vide-greniers de son quartier. Deux boîtes à chaussures délavées sur la table d'un marchand. À l'intérieur, des photos jaunies, des visages de face. À deux doigts, Constance les parcourt toutes. L'une après l'autre, des enfants en rang dans la cour d'une école, des couples sur fond noir un nourrisson dans les bras, des mariés devant des églises de village. Son majeur rabat un enfant en slip blanc qui plisse les yeux, les pieds dans la mer, son index passe une famille, hommes derrière, femmes assises, nuances de gris et de surexposition. Jamais la même teinte ni le même format, ses doigts butent contre des bords en dentelle de carton.

Ce qui réunit ces gens dans cette boîte à chaussures, c'est d'avoir habité la même région et de faire partie du temps révolu. Ces photos qu'on a gardées avec soin, qu'on sortait du buffet quand on avait envie de se rappeler, de se souvenir, pas des instantanés mais des temps de pose longs, qui fixaient des moments importants, sur lesquels on ne souriait pas. La sentence « c'est du passé » permet à des vendeurs de les vendre, à des acheteurs de les acheter et à ces images de se retrouver dans des cafés, des halls d'hôtel ou des salles de bains.

Sous ses doigts, tous ces gens rassemblés par le hasard, conservés par amour puis par nostalgie puis par exotisme. Elle lutte contre la somnolence induite par la succession de noir et de blanc, de visages de face. Elle veut les voir, tous et toutes, leur accorder le respect d'un regard, avant de passer au suivant. Quand son attention flanche, elle revient en arrière, regarde à nouveau, puis continue.

Constance cherche Alice Guy. Parmi les cartons, les classeurs et les boîtes à biscuits. En quête d'images d'époque, des bouts, des bribes pour composer son film, un court-métrage où on la verrait gravir le mont Blanc. Elle retient son souffle, quelque part, quelque chose pour elle, sur les tables, parmi les objets étalés, mille fois retournés, inspectés mais jamais pris, une photo, une lettre, une pellicule. Elle cherche des fragments de 1900 pour rapiécer l'Histoire. Numériquement, elle pourrait créer un double, une femme aux traits d'Alice Guy, fabriquer un mont Blanc, inventer une ascension, puis vieillir l'image, faire comme si, falsifier. Constance veut travailler le réel, que ses mains touchent quelque chose, la cellulose de la pellicule. Réparer l'époque avec les matériaux de l'époque.

Elle ne sait pas où chercher, alors elle cherche au hasard. Alice Guy a découvert une photo d'un de ses films dans un marché aux puces. Constance imagine le choc que ça a dû lui faire, elle trouve ça ignoble d'avoir dû payer pour quelque chose qui lui appartenait si fort.

Constance a terminé les deux boîtes à chaussures, elle passe au stand suivant. Des cartons de vaisselle remplis d'assiettes, d'outils, de tasses. Des ménages entassés pêle-mêle, des héritages encombrants, liquidés en même temps que la table à manger trop lourde, les commodes et les sommiers à moulure.

Elle repousse un vase bleu qui dépasse d'une boîte, prêt à tomber. Avance doucement, tête baissée sur la table, devant elle des objets qui peinent à raconter une histoire. Une soupière, des cendriers épais, une sculpture de cerf en bois noirci. Un coup d'œil au vendeur qui épluche le journal, bedonnant sur sa chaise en toile. L'intermédiaire entre une famille qui hausse les épaules et des passants en quête d'authentique. Un musée de l'intime où les objets ont un prix négociable. Pas assez vieux, trop familiers pour avoir droit à la vitrine, au petit carton qui décrit « Plat à tarte, Madame Meunout, 1954 ».

Les vide-greniers. Quand elle pense au mot, elle entend « purge », « liquidation », « gâchis ». Les objets devraient pouvoir disparaître sans laisser de trace. Que deviennent les canapés, les vêtements, les sacs, les mouchoirs, tout ce qui a été acheté avec soin ou par réflexe, soigné et entretenu, cassé et puis jeté, les verres dans lesquels on a bu tous les jours. On les brûle ? Et les cendres ? On les enterre, aussi. Pendant que Constance imagine un brasier qui n'en finit pas de se consumer, elle ne voit pas les milliards de mètres cubes creusés, remplis, recouverts, des buttes, des collines, les reliefs d'une autre géographie. Si on pouvait faire disparaître la matière, non pas vider les greniers mais effacer les choses, ce serait plus digne. Elle imagine le poids que perdrait la Terre si toutes les caves dont on hérite pouvaient simplement contenir des objets et puis plus rien.

Les films d'Alice Guy. Perdus. Détruits. Disparus. On ne sait pas. L'archive n'est qu'un mot qui ment, qui voudrait nous faire croire à la solidité de ce qui fut, à une unité. Le passé flanche. Ce qu'on appelle Histoire serait une autre Histoire s'il n'y avait pas eu tel incendie, telle inondation. Le marbre se fend et s'effrite, le papier devient acide, jaunit, la lumière même le dégrade, le numérique n'est nulle part, une pellicule exposée se détériore plus rapidement qu'une pellicule vierge, nos cellules, sans cesse, sont remplacées par d'autres, les parchemins se craquellent, l'encre se dilue, la mémoire est la moins fiable de toutes.

Les deux tiers des films, disparus mais pas perdus pour toujours, pas forcément. On en retrouve, par hasard ou au bout de quêtes acharnées, ça la fascine, qu'une pellicule refasse surface cent ans plus tard.

Bientôt la fin de la brocante. Sur une table, des jouets. Un gros téléphone à roulettes qu'on tire avec une ficelle, un visage souriant sous le combiné, un camion de pompiers, un éléphant en peluche. Ce pourrait être les siens, le grenier de son enfance, elle n'en saurait rien, ne les reconnaîtrait pas. Elle n'a le souvenir d'aucune poupée, d'aucune pelle ou râteau en plastique. Si on lui demandait à quoi elle jouait quand elle était petite, elle répondrait qu'elle avait un cheval de bois, parce qu'il y a une photo d'elle à cinq ans, le jour de Noël, sur un cheval à bascule. Elle répondrait « je dessinais », parce qu'on lui a raconté qu'elle dessinait. Qu'elle jouait à cache-cache, au loup, à attraper des sauterelles, parce que c'est ce que font les enfants dans les films. Perdus. Détruits. Disparus.

Constance n'a qu'un seul grenier, celui de la maison dans laquelle elle a grandi. Jamais déménagé, à part pour partir quand elle a été adulte. Une maison qui a son âge, les plans dessinés par ses parents, une maison qu'elle pensait intimement liée à eux trois, le père, la mère et la fille, mais qu'eux parlent de vendre, parce que trop grande, parce que le matériel après tout peu importe, et qui pendant les vacances font de l'ordre, en prévision, « pour ne pas te laisser trop de choses ». Ce grenier qu'elle devra vider un jour et cette maison qu'elle ne pourra pas mettre sous cloche. Si on pouvait faire disparaître la matière, non pas la vendre mais l'effacer, ce serait plus digne.

VII

Le premier film ne dure que quelques secondes. Une jeune femme est assise, regarde à l'intérieur d'un Kinora, le repose, se tourne vers la caméra, sourit. L'appareil ressemble à des jumelles, à l'intérieur des photos défilent comme un flipbook, c'est un ancêtre du cinéma. Alice Guy a vingt-deux ans, une robe longue, une écharpe de plumes sur les épaules, elle se tient très droite, sourit.

Le second, douze ans plus tard, cinquante et une secondes. Alice Guy est au premier plan avec ses techniciens, la caméra et les projecteurs. Devant eux une vingtaine d'acteurs et d'actrices prêts à jouer une scène de bal. C'est le premier making of de l'histoire : filmer comment on filme. Tourné juste avant qu'Alice Guy suive son mari aux États-Unis. « Deux mois plus tard, mariée depuis trois jours, je quittais le cœur gros, ma famille, mon pays, persuadée que j'abandonnais pour toujours mon beau métier. » Ces cinquante et une secondes sont alors pour elle témoignage et testament.

Dans son appartement, seule face à l'écran, Constance a regardé ce film des dizaines de fois. Alice Guy dans une robe longue à plusieurs jupons, les cheveux coiffés en chignon, la taille dans un corset, mais les manches relevées. Constance ne les a pas vues tout de suite, ces manches relevées, mais depuis elle ne voit que ça.

À la vingt-neuvième seconde, Alice Guy se tourne vers la caméra. Seulement deux films d'elle, et pendant trois secondes Alice Guy regarde Constance. Elle peine à voir ses yeux dans le contre-jour et le grain du noir et blanc. Elle a ralenti le film à l'extrême, jusqu'à l'image par image, l'a décomposé pour isoler cette poignée de secondes, les dilater. Trouver dans son regard un début de dialogue. Elle l'intimide. Alice Guy, les manches relevées, se retourne.

Un fil rouge, un personnage, un décor.

Il n'en faut pas plus pour raconter une histoire.

L'ascension, Alice Guy, le mont Blanc.

Et le récit se déroule.

Constance est chez elle. Dans le montage, rien ne lui échappe. Elle donne forme au monde, à un monde, décide quoi supprimer, où couper, comment terminer. C'est une suite de choix précis, nécessaires, une image en trop et c'est le rythme qui est perdu.

Monter, opération en trois temps.

Rassembler, sélectionner, relier.

Manipulation qui mène du collage à l'illusion, de l'illusion à une réalité

Rassembler le matériau à monter.

Patiemment Constance collecte des archives pour réécrire l'histoire, des morceaux d'époque pour bâtir un récit alternatif.

Voilà pour l'instant ce qu'elle a récolté :

— Deux reportages de l'ascension du mont Blanc, un en 1907 tourné par Pathé, l'autre en 1908 fait par Gaumont.

— Des affiches du documentaire Pathé.

— Des peintures et photographies de la montagne et du paysage alentour.

— Des images faites par Joseph Vallot.

— Des cartes postales.

— Quelques photos d'Alice Guy, toujours les mêmes qui reviennent au fil des blogs et sites officiels.

— Deux courts-métrages où Alice Guy apparaît.

Sélectionner les morceaux à monter.

Dans le reportage de Pathé comme dans celui de Gaumont, une femme fait partie de l'ascension. Elles ont la même tenue : une jupe sombre qui descend jusqu'aux chevilles, une large chemise blanche aux manches bouffantes, un chapeau. Les plans sont larges, pris de loin, si bien qu'on ne distingue pas leurs traits ; elles sont une femme, toutes les femmes. Rendues génériques par le costume jupe-chemise-chapeau, le visage recouvert de cendre pour se protéger du soleil.

Constance a recensé les passages où les deux femmes apparaissent parmi les alpinistes :

— Le départ de l'expédition, devant la statue de De Saussure à Chamonix.

— Déjeuner au premier refuge, les alpinistes sont autour d'une table sur une terrasse.

— Le guide crée des marches au piolet dans la glace, l'expédition le suit en file indienne.

— Ils traversent une crevasse l'un après l'autre.

— Ils montent au sommet d'un énorme bloc de glace, puis glissent de l'autre côté.

— Ils franchissent un gouffre sur une échelle.

— Dans les rochers, reliés par une corde attachée à la taille, les alpinistes progressent.

— Arrivés à un petit ruisseau au milieu de la neige, ils trinquent.

— Ascension dans la neige, chacun s'aide de son piolet.

— Ascension dans la neige en plan plus large.

— Ascension dans le brouillard.

— Progression le long d'une arête jusqu'à une cabane, probablement l'observatoire Vallot.

— Descente d'une pente neigeuse en glissant sur les talons.

Les deux reportages sont linéaires, passent par les mêmes étapes. Une histoire émerge d'elle-même, est contenue dans la structure de l'ascension : monter, puis redescendre.

Relier les plans entre eux.

Constance a le fil rouge, a le décor, manque le personnage. De ces deux femmes, ne faire plus qu'une. Il suffit d'un subterfuge, un simple truc : les premières images du film doivent montrer Alice Guy, que le spectateur l'identifie, c'est elle qu'on va suivre, c'est d'elle qu'il s'agit. Puis passer à des plans larges du mont Blanc, des photos, pour introduire le décor. Rappeler encore Alice Guy par quelques images, enfin commencer l'ascension et laisser la trame se dérouler. Ces deux femmes n'en font qu'une, qui a un nom et un visage. C'est Alice Guy avec le piolet, Alice Guy dans la neige, Alice Guy traversant une crevasse. L'instinct de narration lui fait gravir la montagne. Il suffit de quelques signes pour guider le spectateur vers l'histoire qu'on veut qu'il se raconte.

Un fil rouge, un personnage, un décor, incantation imparable, rituel mille fois éprouvé qui fait advenir le récit.

Magie du montage. Couper des scènes, les coller à d'autres, de ces deux ascensions, une troisième, neuve, que Constance écrit, que Constance construit, coupe et colle, un morceau après l'autre. Rien ne disparaît, tout devient. Elle défait ces films, délace leurs fils, décompose leur trame, elle s'approprie leur matière, leurs images, leur donne une nouvelle forme. Il y a de la violence, il y a du pouvoir dans le montage. Combien de manipulations, de trucages, de mensonges par les images. Constance détourne, sans scrupule. La réalité qu'elle crée, aussi valable que les autres. Alice Guy empêchée par un symbole, éloignée du mont Blanc par le mariage, une fiction de plus, la réalité que crée Constance, aussi valable que toutes les autres. Si on ne raconte pas notre histoire, d'autres le feront à notre place. Alice Guy, plus de sept cents films, trop occupée à inventer, à fixer la fiction sur pellicule, trop occupée à faire du cinéma pour élaborer sa légende. C'est le devoir de celles qui viendront ensuite, construire une mémoire, dire une vie, encore, dire une vie. Si notre histoire n'a pas été racontée, d'autres devront le faire après nous.

Mais il y a un trou, une absence. Celle qui est au centre du film, son personnage principal, manque. Alice Guy, qui a produit tant d'images, reste hors champ. Les deux films disponibles et les rares photos sur Internet ne suffisent pas. Il faut des séquences plus longues, où on la verrait debout, dehors, Alice Guy, pas encore trente ans, en jupe noire et chemise blanche.

Dans sa filmographie, il y a, comme il était une fois, un titre, un film : *Bataille de boules de neige*, Gaumont, 1900. Il pourrait receler les images qu'il lui faut, celles qui feront advenir l'ascension, le récit. Aucun indice de ce qui se trouve sur cette pellicule, rien qu'un titre, son nom, Constance imagine. On y verrait Alice Guy dans la neige, qui marche, se baisse peut-être pour façonner une boule, s'écarte pour en éviter une, rit, court. En arrière-plan des montagnes, l'hiver, des chalets en bois. Constance voit dans ce film inconnu tous les plans qui lui font défaut. Elle sait qu'Alice Guy n'apparaît pas dans ses films, qu'elle ne s'amusait ni à la figuration ni aux rôles principaux, elle sait. Les chances sont minces. Mais Constance y croit, choisit d'y croire. Et si. Son « et si » qui l'aliène et l'enferme, qui rend possibles incendie et invasion, maintenant le « et si » qui permet l'espoir, l'entêtement d'une entreprise un peu folle, le parti pris des idéalistes.

Bataille de boules de neige, résolution qui fera advenir le récit, l'ascension ; la pièce manquante.

VIII

Du savon. Ouvrir l'eau, mouiller les mains. Laver l'une avec l'autre. Rincer. Fermer l'eau. Secouer les mains. Sécher.

Un pas vers le seuil de la salle de bains, hésiter, essayer de résister. Deux doses de savon dans la paume gauche, pousser le levier avec le poignet, l'eau glacée, frotter la paume gauche, puis le dos, puis chaque doigt, du pouce au dernier, tourner chaque doigt dans la paume, puis la droite, ensuite sous l'eau, les pores serrés par l'eau glacée, la peau rouge vive, frotter sous l'eau chaque paume, chaque dos, chaque doigt, abaisser le levier avec le poignet, égoutter, la peau rétrécie, sécher, le linge rêche sur les mains écarlates.

Constance, les mains sales encore, contaminées encore. Impuissante, piégée devant le lavabo, elle aimerait s'échapper.

Deux doses de savon.

L'eau
glacée
La paume et le dos de la main
droite
chaque doigt
Du pouce au dernier

D'une extrémité à l'autre
La paume et le dos de la main
gauche
Chaque doigt
Du pouce au dernier
Sous l'eau
Frotter
La peau rouge
Vive
Éteindre
Sécher
Serrer fort le linge
S'agripper
Au linge
Humide
Qui ne sèche
Plus rien
Fuir la salle de bains, s'arracher au lavabo
les mains sales encore.

Albert Khan, un riche banquier français, crée les Archives de la Planète, des images fixes et animées prises entre 1908 et 1931.

Avec ses centaines d'heures de films et ses soixante-douze mille autochromes, il voulait saisir toute la vie, tous les peuples.

Il sentait un monde sur le point de disparaître, il a tenté d'en garder une trace.

IX

Le RER ralentit, s'arrête dans une petite gare qui ressemble aux petites gares précédentes, elle a dépassé Versailles, descend à Fontenay-le-Fleury. Le sous-titre du panneau la rassure, « Bois-d'Arcy », elle est au bon endroit. Le train repart, les quelques personnes débarquées avec elle s'en vont à gauche, vers le parking. Son GPS lui dit d'aller de l'autre côté, suivre le quai qui se met à grimper, se transforme en pont et traverse les voies.

C'est un chemin de presque randonnée qui s'enfonce dans la forêt. Des oiseaux font bouger les branches, les arbres serrés gardent la fraîcheur de l'aube, difficile d'imaginer qu'à quelques minutes il y a une gare, des trains, une route. Elle vérifie sans cesse son téléphone, ça ne peut pas être le chemin, mais la carte lui confirme qu'elle est dans la bonne direction. Les feuilles et les aiguilles crissent sous ses chaussures, elle dépasse un banc en pierre, le sentier fait un large virage et au bout un panneau « CNC » qui pointe droit devant. Elle n'aperçoit que des arbres et du ciel, le pépiement des moineaux, et pourtant un million de pellicules sont rassemblées là, à une centaine de mètres.

Elle est en avance, hésite, revient sur ses pas et retrouve le banc en granit. En s'asseyant elle sent la pierre humide encore de rosée à travers son jean. Un rayon perce le feuillage, elle se décale un peu pour l'attraper, une diagonale qui barre son visage. Elle est si proche.

Bois-d'Arcy, le siège du patrimoine cinématographique français, la plus grande réserve de films du territoire. Leur base de données n'est accessible que sur place, elle a envoyé un mail, obtenu un rendez-vous. Et si c'était aussi simple : au fond de la forêt trouver la pellicule qui lui manque, finir son film, amener Alice Guy au sommet du mont Blanc.

Un couple de retraités passe sur le chemin, la salue d'un signe de tête. Ils sont l'intrus de l'autre, elle avec son manteau et son sac à main, eux avec leurs habits de sport et leur bâton de randonnée.

Elle aimerait déjà y être ; les minutes s'étirent dans une forêt où tout paraît immobile. Elle frotte ses mains l'une contre l'autre, le froid ouvre les gerçures, même douleur que les coupures de feuilles au bout des doigts. Et si *Bataille de boules de neige* n'était pas là. Bien sûr, bien sûr que la pellicule se trouve au CNC, avec toutes les autres, la mémoire du cinéma, où sinon ? Le Centre national du cinéma et de l'image animée, pour elle c'est un gardien, abstrait et tout-puissant, qui protège, rassemble et retrouve tous les films. Celui qui sait et celui qui a. *Bataille de boules de neige* est entre ses murs, sinon il n'est nulle part ; *Bataille de boules de neige* est entre ses murs, il ne peut en être autrement.

Il est temps. Elle se remet en route, le banc laisse une empreinte froide sur ses cuisses, tout son corps se refroidit. Le chemin se transforme en une route d'asphalte, tout au bout un haut mur d'enceinte, percé par une ouverture arrondie barrée d'une grille. Sur le côté, un grand panneau « interdit au public ».

Le rempart est large de plusieurs mètres, son sommet arrondi, comme des buttes de terre, des arbres y poussent et la mousse recouvre par endroits les briques grossières. Un homme en uniforme dans un petit box ; il vérifie le sac de Constance et lui donne un badge visiteur numéroté, dessus un gros « défense de fumer » et le numéro des pompiers.

— Attendez là, on va venir vous chercher.

À travers la grille, elle aperçoit un autre mur d'enceinte, percé par la même ouverture en arc de cercle. Elle s'approche d'un plan du site, la vue aérienne lui permet de comprendre l'architecture du lieu. Ce sont trois rectangles de fortifications, imbriqués du plus petit au plus grand. Ce fort militaire de cinq hectares a été construit en 1874 pour renforcer la ligne de défense élargie de Paris. On y stockait l'artillerie, le ravitaillement et les munitions. Maintenant il abrite le patrimoine cinématographique national : le fort garde les pellicules tout en protégeant l'extérieur des « films flammes ». Combien de cinémas, baraques, salles de spectacles, archives ont été réduits en cendres parce qu'une pellicule a pris feu, l'incendie se propageant partout. Puissance et danger des images.

— Ça va, vous avez trouvé facilement ?

Une femme en pull, contractée dans l'air froid, badge la porte et lui tient la grille, lui permet de passer de l'autre côté.

— Pascale bonjour, c'est avec moi que vous avez échangé par mail. Venez, les bureaux sont tout au fond.

Son pas est rapide, celui des habitués, mais elle sent la curiosité de Constance, ralentit pour lui donner le temps de voir. Les fortifications très larges abritent maintenant des bureaux. Sur le dessus, des buttes de terre où ont poussé de grands arbres, c'est si étrange d'avoir un bois au-dessus de soi.

Une légère brume s'accroche encore entre les branches. Au milieu de ces murs hauts et droits, elle a l'impression d'être dans un de ces jeux pour enfants, un labyrinthe en bois où l'on fait avancer une bille argentée, pour éviter les trous on la plaque contre les parois. Au loin, des bâtiments qui détonnent par leur façade moderne, non militaire.

— Ne vous inquiétez pas, je pourrai vous faire visiter si vous voulez. Une fois que j'aurai récupéré ma veste.

Dans son sourire, la promesse de lui montrer tout ce qu'elle veut.

Un bureau au deuxième étage, près de la fenêtre une table et un ordinateur.

— Vous êtes sûre, pas de café ? Un thé ?

— Ça va merci.

— Je ne sais pas comment vous faites, moi je suis gelée.

Constance gelée aussi, brûlante de ce qu'elle a au bout des doigts. Le CNC fait partie de la FIAF, la fédération qui rassemble les cinémathèques et les archives de films du monde entier. Dans leur base de données, tous les films.

— Si vous avez besoin de quelque chose je suis au bout du couloir.

La porte se referme, Constance seule face à l'ordinateur. Elle y est presque, quelques mots inscrits dans la barre de recherche, un résultat qui lui révélera où est la pellicule, son montage complété, le film terminé, pour Alice Guy, son tribut et son adieu, la fin de l'histoire.

Elle retient ces quelques secondes pour elle, comme quand on est assoiffée et qu'on retarde la première gorgée d'eau fraîche.

Une lettre après l'autre, elle tape « Bataille de boules de neige ».

Aucun résultat.

Elle efface tout, écrit les mêmes mots.

« Bataille de boules de neige ».

Aucun résultat.

L'issue ne change pas, même si on retient sa respiration plus fort.

Les mots opaques d'abord, puis ce qu'ils veulent dire l'imprègne tout entière. Le film n'existe plus.

Parce qu'elle ne sait plus quoi faire et que ce sont les seuls mots qui lui viennent, elle inscrit « Alice Guy ».

Quatre-vingt-seize films trouvés. À Londres, Stockholm, Lausanne, Berlin, Wellington. À Gemona, Amsterdam, Washington, Munich. Un démembrement, une dispersion, Alice Guy atomisée, éparpillée, perdue. À Vienne, Ottawa, Canberra. Après avoir déferlé, la vague se reforme, grossit, jusqu'à la crête, Milan, Los Angeles, Montevideo, un lien, une force, ces films qui dessinent un territoire, une mémoire partagée, un héritage solide, les bobines se répondent, à Berkeley, New York, Montréal, Paris, Alice Guy est partout.

Au cabaret, *Avenue de l'Opéra*, *Chirurgie fin de siècle*, *Clown*, *Chien et Ballon*, *Madame a des envies*, *Falling Leaves*, *Algie the Miner*. Rien qui laisse espérer de la neige et des montagnes, rien pour combler le manque.

Sur les deux cents, cinq cents, mille films qu'elle a réalisés, quatre-vingt-seize ont été retrouvés, et *Bataille de boules de neige* n'est pas là. Tant d'autres ne sont pas là. Ce qui reste révèle l'ampleur de ce qui est perdu. L'Histoire, les cinémathèques, les réserves, les musées lui apparaissent pour ce qu'ils sont, une trame usée, trouée, trop fragile pour tenir ; le passé ne se retrouve pas, c'est un motif impossible à refaire. À quoi bon sauver si on sauve si peu, du sable entre les doigts, ridicule et ridicule l'espoir d'en tirer quelque chose.

— Tout va bien par ici ?

C'est la femme qui l'a accompagnée, Constance est surprise de la voir, que le monde existe encore. Pascale approche une chaise, elle a un manteau maintenant, s'assied près d'elle.

— Je peux vous aider ?

Constance montre l'écran, l'autre ne le regarde pas, attentive à son visage seulement, et au désordre qu'elle voit dans ses yeux.

Les deux tiers des pellicules du début du cinéma ont disparu, que *Bataille de boules de neige* soit de celles-là elle aurait dû s'en douter, au moins s'y préparer, elle s'est laissé faire par son élan, si certaine de son film, ivre d'avoir prise sur le monde, retrouver Alice Guy, la mener au mont Blanc, dans sa fuite elle est fauchée par le verdict, se cogne contre le mur de ce qui est, ça lui coupe le souffle, elle trébuche. Le film est perdu et elle est perdue avec lui.

— Un jour, on a reçu une bobine par la poste.

Pascale sent que pour rattraper Constance, il faut une histoire.

— C'est rare, mais pas inhabituel. Une simple bobine dans une enveloppe en papier bulle, du nitrate. Il n'y avait pas de mot, rien que l'adresse de l'expéditeur. Je lui ai envoyé une lettre, pour le remercier et avoir des informations sur l'origine de la pellicule. C'était un promeneur, il s'était arrêté dans une bergerie abandonnée et avait trouvé le film derrière un radiateur. Il a joint un plan, dessiné à la main. On y est allés, et dans les combles on a découvert cinq autres pellicules. On les a datées de 1910 environ. Elles étaient toutes en bon état, ce qui était étonnant vu leur condition de conservation. Impossible de retracer comment elles s'étaient retrouvées là, à qui elles avaient appartenu. Maintenant elles sont dans nos réserves, à l'abri.

Elle pose ses deux mains sur le bureau, proches de celles de Constance.

— On retrouve des pellicules partout. Un film perdu n'est pas perdu pour toujours.

Constance s'imagine toutes les montagnes et toutes les bergeries.

— Les bobines ont leur propre trajectoire, leur vie souterraine, et nous on leur court après.

— Le film que je cherche, il est de Gaumont, de 1900.

Leurs mains toujours côte à côte près du clavier d'ordinateur.

— S'il n'est pas chez vous, où il est ?

— Il pourrait être partout.

Partout est trop grand pour Constance, le « tout est possible » l'engloutit.

— Il faut retracer la vie du film. Qui l'a eu entre les mains, qui a pu le garder ou l'oublier dans un placard…

Et puis le hasard, cet absurde inacceptable, l'incertitude béante.

— À cette période, il y avait les forains. Ce sont eux qui distribuaient le cinéma au début, qui le diffusaient hors des grandes villes, jusqu'en 1907 au moins.

Une piste, elle peut tenir avec une piste.

— Vous voulez toujours visiter ?

Elles longent des fortifications de pierre, des extincteurs sous des housses, quelques camionnettes blanches, croisent un bureau à la porte ouverte.

— Ah Thierry ! Pardon, j'en ai pour deux minutes.

Constance attend à l'extérieur, le froid pénètre dans ses poumons, la buée qui sort de sa bouche lui est étrangère, elle tente de reprendre prise, apprivoiser ce nouveau monde où son film n'est plus possible, plus possible pour l'instant, les forains, elle ne connaît rien aux forains.

Un homme sort du bureau, s'allume une cigarette.

— Vous êtes en visite c'est ça ?

Il s'adosse aux pierres humides, montre du menton.

— Vous trouvez ça comment ?

Irréel. Une casemate au milieu de la forêt, un bastion militaire maintenant abri, refuge, les arbres qui poussent au-dessus de leur tête. Elle s'attendait à un grand bâtiment au milieu d'une ville, elle ne sait pas en fait, à quoi ressemblent les lieux qui gardent la mémoire ?

— Les Allemands l'ont envahi. Et puis on l'a repris. Si vous allez dans les toilettes là-bas, il y a encore des traces.

— Qu'est-ce que vous faites ici ? Vous vous occupez des films ?

— Moi j'ouvre les boîtes.

Il tire une bouffée, regarde sa cigarette.

— Le nitrate. Il faut ouvrir les boîtes, une à une.

— Alors vous voyez tous les films ?

— Non. Non j'en vois aucun. Je regarde l'état de la pellicule, et puis je retire celles qui commencent à se dégrader.

— Ça vous plaît ?

Il hausse les épaules, fait rouler le mégot entre ses doigts.

— Ça fait trois mois que j'y suis. En tout ça prendra quatre ans.

Pascale l'emmène aux constructions qu'elle a aperçues en entrant, quand elle pensait encore être au bout de sa recherche, quand elle croyait la réponse toute proche. Elle se dit qu'elle devrait laisser Pascale retourner à son travail, qu'est-ce qu'elle fait là de toute façon, maintenant qu'elle sait, elle devrait partir, mais les allées droites des fortifications la contiennent, suivre sa guide lui fait du bien, et le cinéma, et les pellicules, elle veut voir.

Quatre bâtiments s'élèvent plus haut que les fortifications. Cinq étages au moins, lisses, sans fenêtre, identiques. C'est ici que sont stockées les pellicules qui ont remplacé le nitrate à partir de 1950, les supports « safety » en acétate, moins inflammables, puis les bandes en polyester. Il y a dans ces blocs tous les films qui sont passés sur un écran français depuis soixante ans, et davantage. C'est à partir de 1977 qu'on institue en France le dépôt légal du cinéma. Avant, quand une pellicule avait fait son temps, on s'en débarrassait. Les éditeurs brûlaient les vieilles bobines pour faire de la place aux nouveautés, on les jetait dans le Pacifique, on les laissait pourrir derrière des écrans de cinéma. Qu'est-ce qui vaut la peine d'être gardé ? Qu'est-ce qui a le droit de laisser une trace ? Contre les destructions volontaires et les mauvaises conservations, des hommes et des femmes ont arraché les bobines à l'indifférence des producteurs et des institutions. Une pellicule après l'autre, c'est à eux qu'on doit la mémoire des premières décennies du cinéma, ces pertes qu'on tente encore aujourd'hui de rattraper.

Au pied des bâtiments de stockage, Constance essaie d'en imaginer l'intérieur, ce qu'il y a derrière les parois opaques, des étagères, des escaliers, des couloirs, un ronronnement de système de refroidissement. La température et l'hygrométrie sont contrôlées, Constance à leur pied, sarcophages monumentaux, hermétiques, des monolithes, quelque chose de monstrueux. Autonomes, capsules indifférentes, muettes, elle voit les pellicules survivre aux tempêtes, aux guerres, aux disparitions humaines, urnes scellées, encore intactes longtemps après qu'on a oublié ce qu'elles gardent dans leur ventre.

Elles pourraient y entrer, mais ça lui paraît impénétrable, ces traces-là refusent sa présence. C'est le nitrate qui l'attire, les bandes des tout débuts, il y a du repos pour elle dans l'origine, un rivage. Elle a visionné les films, vu des photos, imaginé tellement, elle veut les rencontrer enfin. Si elle ne peut pas voir *Bataille* alors qu'au moins elle en voie d'autres. Qu'est-ce que ça fait, d'avoir une pellicule devant soi, de réduire la distance d'un siècle.

Parvenues à l'angle des fortifications ça y est, elles débouchent sur les stockages de nitrate. En accord avec le lieu, on dirait des baraquements militaires, le couloir d'une prison. C'est une structure en béton au toit plat, basse et terne, tout en longueur. Comme une enfilade de garages, le bâtiment est percé de portes noires qui s'alignent jusqu'au bout du fort, cent mètres de long au moins, se confondent dans la perspective de la ligne droite. Architecture aride, fonctionnelle, monotone, les pellicules enfermées là, gardées là. Chaque cellule contient mille bobines, les murs de séparation sont des pare-feu qui empêchent que l'incendie de l'une se propage aux autres. Côte à côte mais hermétiques. Pascale sort un trousseau, ouvre une porte au hasard.

Une pièce de quinze mètres carrés, des deux côtés les mêmes étagères remplies de bobines. Le jour pénètre peu par la porte ouverte, Pascale presse l'interrupteur et quelque chose en Constance se serre, ces pellicules dans le noir, tout le temps dans le noir.

Sur le seuil, elle hésite, ce silence, ces murs épais, les tombeaux gardent, enferment aussi, quand elle était petite elle a marché au cœur d'une pyramide. Elle fait quelques pas à l'intérieur, le froid la surprend, moins de dix degrés, des pellicules tout autour d'elle.

Les boîtes sont rondes, en plastique blanc, rouge ou noir. Sur la partie inférieure, une bande de Scotch et des mots écrits au feutre noir, un code-barres et un numéro. Elle s'avance dans la cellule, chaque titre l'accroche, les bobines posées les unes sur les autres, du sol jusqu'au plafond, tellement de films, de films qu'elle ne connaît pas.

— Je peux en voir une ?

— Bien sûr. Attendez, celle-là par exemple.

Sur une pile Pascale prend une bobine qui paraît légère, le Scotch indique « LUMIÈRE FOOTAGE ». Elle l'ouvre, la présente à Constance. Un rond noir, souple et brillant, des perforations rondes, la pellicule est petite, ne prend que la moitié de la boîte. Ça pourrait être une bande d'hier, lisse et propre, alors qu'elle a plus de cent ans. Enroulée sur elle-même on ne voit que du noir, les images illisibles, une pellicule muette. Elle ne la déroule pas, alors Constance n'ose ni demander ni toucher. Pascale agite un peu la boîte, la pellicule va d'un côté à l'autre, pas de cérémonie ni de précautions immenses pour ces bobines du début du cinéma. Elle la referme et la remet sur l'étagère. Constance en voudrait encore, ouvrir toutes les boîtes, leur faire voir le jour, que deviennent les images quand on ne les regarde plus.

Le destin d'une pellicule nitrate est d'être détruite. Aucun de ces films n'aurait dû survivre jusqu'ici, Constance au milieu de rescapés, sains et saufs maintenant sur leur étagère, dans leur cellule à la température contrôlée. La mort des archives. Qu'attendent ces films, bien rangés dans le noir ? Combien de personnes entrent ici en une semaine, un mois, un an ? Elle repense à l'homme qu'elle a croisé tout à l'heure, elle l'imagine un masque sur la bouche, une lampe frontale, contrôlant une boîte après l'autre comme un scientifique ou un légiste, quatre ans pour les ouvrir toutes. Ces films, sauvés oui, abandonnés aussi.

Conserver c'est trahir, préserver parfois c'est détruire. Ces pellicules protégées, mais retranchées dans le noir, dans une attente infinie.

Elles sortent, Pascale éteint la lumière, referme la porte. Constance au-dehors, libre et coupable, désemparée devant toutes ces portes et derrière toutes ces boîtes, la somme des archives et les restes du monde qu'on accumule dans des salles sans fenêtre.

— En tout, on a un peu plus d'un million de pellicules.

Le passé ne se rattrape pas, s'augmente tous les jours, bientôt les cinq hectares de Bois-d'Arcy ne suffiront plus.

— Et on est loin d'avoir inventorié tout le fonds.

Dans les réserves, des films non identifiés, mal classés, rangés dans la mauvaise boîte, sous un autre titre.

— C'est le cas de la plupart des cinémathèques, il y a trop de choses… Et on manque de moyens, mais on fait ce qu'on peut.

— Je pourrais vous aider. Je veux dire, s'il vous manque des gens…

Pascale rit, mais Constance est sérieuse. Remettre de l'ordre, classer, donner une forme au monde, retrouver le passé, qu'ils la laissent faire.

— Vous voulez voir le labo ?

Il y a une vie secrète à l'intérieur de la pellicule. Les films sont animés, pas parce qu'ils ont enregistré des corps et des visages, pas parce qu'ils gardent à leur surface des hommes et des femmes qui se rencontrent, se poursuivent, se mentent et se retrouvent, mais pour les foisonnements chimiques qui agitent les sels d'argent et la cellulose.

D'abord l'image se décolore. Elle brunit, se flétrit. L'émulsion petit à petit devient gluante, jusqu'à ce que la bobine se ramollisse, se boursoufle, c'est une matière compacte et molle, on l'appelle le miel. Puis tout se solidifie, la pellicule ne se déroule plus, elle n'est qu'un amas solide. La masse ensuite se désagrège, ne reste qu'une poudre brune à l'intérieur d'une boîte en fer.

Plus la pellicule vieillit, plus elle est dangereuse. Au dernier stade, elle s'enflamme dès trente degrés. Une journée un peu chaude d'été, sous la charpente d'un grenier. En brûlant le nitrate produit de l'oxygène, libère son propre carburant. Il n'est pas possible d'arrêter la combustion, même en la plongeant dans l'eau. Une pellicule qui brûle continuera de brûler.

Le support « safety » qui a remplacé le nitrate n'échappe pas à la dégradation de la matière. L'acétate est menacé par le syndrome du vinaigre : la pellicule rétrécit par endroits, gondole, puis devient opaque. Une pellicule est vouée à l'autodestruction.

Pascale et Constance progressent le long d'un couloir jusqu'à une large vitre qui laisse voir l'intérieur du laboratoire. Un homme en blouse, gants et masque travaille devant des cloches de verre dont il soulève lentement les couvercles.

— Quand la pellicule devient gluante, on la met dans ces récipients. En dessous il y a du liquide qui produit des gaz toxiques, ce sont eux qui décollent la bande. Il faut y aller doucement, centimètre par centimètre.

Elles avancent jusqu'à la salle suivante.

— Dès qu'on a pu en décoller un morceau, souvent c'est seulement quelques centimètres, on l'apporte ici.

La pièce est plongée dans le noir à l'exception de larges tables rétro éclairées sur lesquelles sont penchés les techniciens. Du bout des doigts ils ajustent des loupes, puis des scanners qui fixent le photogramme, le rendent numérique, le sauvent pour toujours.

— Il ne faut pas perdre de temps. La pellicule ne garde sa souplesse qu'une dizaine de minutes, quand elle se solidifie à nouveau elle devient cassante et là il n'y a plus rien à faire.

Ils sauvent, une image après l'autre. Les pellicules n'ont pas été pensées pour durer, on essaie quand même. Des films de réalisateurs inconnus, des films sans auteur, les toutes premières années du cinéma. Des calèches devant la caméra, des jongleurs, des vagues qui frappent un rocher. Ces gens en blouse, penchés sur les corps malades des pellicules, urgences lentes et minutieuses, se mettre en travers du cours du temps, du cycle de vie d'une bobine, un travail de titan.

Il y a ces milliers de bandes enfermées dans leur cellule et leur réserve, des corps morts, et puis leur image que l'on retient, numérisées pour qu'à nouveau elles jouent, pour qu'à nouveau des gens devant ces images. Comme d'ouvrir une à une les boîtes, numériser est encore plus long. Scanner la pellicule, restaurer l'image, ne pas supprimer tous les accrocs, garder les traces de son époque. Le film sauvé, sauvé tant que dure le numérique. L'espérance de vie d'un disque dur est de six ans, une bande polyester de mille ans. On ne se passe pas du support physique, et les pellicules toujours s'augmentent.

— Parfois on arrive trop tard, il n'y a plus rien à faire, alors on congèle, ça stoppe la dégradation.

Pascale ouvre une porte qui donne accès à un sas. Derrière la vitre, des pellicules emballées dans des sacs transparents, gelées.

— Pour l'instant on ne peut rien faire. On les garde ici en espérant que plus tard l'évolution des techniques nous permettra de les sauver.

Le temps, toujours.

Au bout du couloir, une porte comme on en trouve à l'entrée des abris antiatomiques.

— Ici le matériel électronique est interdit, pour les risques d'étincelle.

Constance laisse son sac et son téléphone devant le seuil, elle a l'impression de faire une offrande. Pascale abaisse la poignée en métal, peine à ouvrir la porte épaisse, les deux femmes poussent de tout leur poids. Il fait plus froid encore que dans les cellules de nitrate. Des rangées de bobines encore, cette fois dans leur boîte d'origine, en fer, du papier usé sur les couvercles.

— Ici on garde les pellicules qui attendent d'être décollées. Il faut les séparer des autres.

Une fois que la dégradation a commencé, il est impossible de l'arrêter. Pire, une pellicule endommagée contaminera les autres. Les gaz libérés par l'usure se propagent d'une bobine à l'autre, rongent les boîtes, les rouillent puis dévorent l'intérieur.

Trop de pellicules en attente. Elles ne pourront pas toutes être sauvées, et parmi le million que contiennent les réserves et les cellules, dans des centaines d'autres boîtes la transformation a commencé.

— Venez.

Pascale l'emmène tout au fond d'une rangée.

— C'est le mouroir.

Elle s'agenouille, remonte du dernier plateau une boîte piquée de rouille. Elle est difficile à ouvrir et quand finalement elle cède, une odeur que Constance n'avait encore jamais sentie. Un mélange de charogne et de pourriture, l'acidité lui fait monter les larmes aux yeux, elle respire par la bouche, recule alors que Pascale est juste au-dessus. À l'intérieur, une pellicule complètement blanche. Des fissures fendent la galette en longueur, une banquise qui se déchire.

— Elle est perdue.

Elle la referme, la remet avec les autres. L'odeur est là encore, aussi forte qu'avant.

Il faudrait s'en débarrasser. Son travail c'est de garder.

Constance a tout vu. Elle suit Pascale qui la raccompagne, le chemin goudronné est humide et recouvert de feuilles, elle a du mal à imaginer ce lieu en été, le soleil et la légèreté estivale correspondent si mal à la conservation et aux archives. Elles repassent devant les cellules de nitrate, les bâtiments opaques des supports « safety », passent les trois fortifications. Devant la grille principale, Constance rend son badge à l'agent de sécurité.

— Désolée que vous n'ayez pas trouvé ce que vous cherchiez.

Bataille de boules de neige n'est pas là, mais dans le fort de Bois-d'Arcy elle a rencontré tous les films : ceux qui restent, ceux qu'on sauve, ceux pour qui on ne peut plus rien et ceux qui manquent.

— Vous savez, pour votre film... Essayez les collectionneurs aussi, on ne sait jamais, ils pourraient avoir quelque chose.

— Merci. Pour tout.

Pascale s'en retourne à son million de bobines, son fonds à dépouiller, le temps à empêcher. Constance reprend le chemin, devant elle la forêt, la gare, et la recherche qui s'ouvre, plus grande encore. Elle espérait sortir d'ici avec sa pièce manquante, elle repart les mains vides, deux petites pistes à quoi se raccrocher. Elle pensait en avoir fini, voilà qu'au contraire rien n'est résolu.

Si une institution comme le CNC n'a pas trouvé son film, qui est-elle, Constance, rien que Constance, pour le retrouver ? Elle se sent bien démunie, bien prétentieuse de se lancer dans cette quête.

Elle continuera à chercher, restera en compagnie du cinéma, en compagnie d'Alice Guy, c'est tant mieux.

Les forains et les collectionneurs.

Son désir, pour une fois, est plus violent que ses doutes.

En 1888, Louis Aimé Augustin Le Prince, un Français émigré en Angleterre puis aux États-Unis, dépose le brevet d'une caméra et d'un projecteur.

On lui connaît quatre films : une danse dans un jardin, son fils qui joue de l'accordéon, le pont de Leeds et un ouvrier courant le long d'un atelier.

En 1890, sa caméra et son projecteur sont prêts à être montrés au public. Sa femme et son fils préparent une projection publique à New York.

Quelques semaines avant la consécration, Louis Aimé Augustin Le Prince rend visite à son frère, à Dijon. Il embarque ensuite dans un train pour Paris, où il doit retrouver des amis et retourner à New York.

Son frère l'accompagne à son train, c'est le dernier à l'avoir vu.

Louis Aimé Augustin Le Prince ainsi que ses bagages ont disparu. Son corps n'a jamais été retrouvé.

En 1999, un brocanteur visite une maison abandonnée en Charente-Maritime. Dans une armoire, il découvre quatre-vingts kilos de bobines. Il les vend à deux collectionneurs de la région qui en brûlent la moitié, les plus endommagées.

Quatre-vingt-dix-huit films seront sauvés, des pellicules des années 1896 à 1903, dont plusieurs étaient considérées comme à jamais disparues.

X

Elle traverse le parc de Bercy et débouche sur l'esplanade ; à droite une sorte de Guggenheim tronqué, le bâtiment est plus petit que ce qu'elle s'imaginait lorsque dans sa tête elle faisait tourner son nom : *La Cinémathèque*. Imposante par la stature de son fondateur, Henri Langlois, monstre des archives qui en 1942 cachait des bobines sous le palais de Chaillot.

À elle de retrouver *Bataille de boules de neige*. Après le million de pellicules du CNC, elle se tourne vers les archives à taille humaine, elle espère un indice. Elle range son sac et sa veste dans un casier, vérifie trois fois qu'il est bien fermé, puis emprunte les escaliers jusqu'au dernier étage. Là-haut, les stylos sont interdits, tout ce qui pourrait laisser une marque. On n'écrit qu'au crayon, dans le silence des pages tournées. Elle s'assied près de la baie vitrée, au bout d'une des quatre tables de consultation, lisses et larges. Il faut de l'espace, les archives se déploient, s'étalent, encombrent. Un employé lui amène une grosse boîte en carton noire, il la tient à deux mains, intermédiaire entre elle et la réserve, seuil protecteur. Il la dépose devant elle, lui passe le relais, à elle d'ouvrir la boîte.

Appuyée contre le dossier de ces chaises sur lesquelles on passe des heures, Constance reste un moment devant le carton. Les pellicules, elle n'avait pas pu, pas osé les toucher. Autour d'elle, on examine des classeurs avec soin, les documents protégés par des chemises plastique.

Elle délace l'épaisse ficelle et soulève le couvercle. Une chemise en carton sur laquelle on a inscrit au crayon « 1 doc relié [53f.] imprim. annotations ». À l'intérieur, un cahier gris de format A5. Il est souple sous ses doigts. Tout doucement, elle le dépose à plat sur la table en bois clair. En première page, dans le coin gauche, tout en haut, une inscription faite à la main, dans une encre bleue. « Appartient à Madame Alice Guy-Blaché. 320 avenue de Tervueren Bruxelles 15. 1964. »

Pas d'interface entre elle et le carnet, le papier tout de suite et l'encre bleue aux lettres tremblantes qui dit une date, une adresse, un nom. Une signature, un écho aux inscriptions dans les cellules ou les grottes, j'ai été là. L'employé a disparu, autour seulement des gens comme elle, penchés sur leur boîte, l'archive si démunie, à portée, elle trouve ça fou qu'on la laisse y toucher, entre ses mains une vie, un reste de vie, elle n'a dû se justifier de rien, n'a passé aucun contrôle, comment se manipule l'archive ? On dit qu'on la dépouille. Elle a peur de lui nuire, de l'endommager, ne devrait-elle pas avoir des gants ?

Constance touche. Elle effleure le nom du bout des doigts au cas où l'encre tacherait ou s'effacerait, mais cette encre est sèche depuis soixante ans déjà. Elle caresse ces quelques mots du pouce, Alice Guy, 1964, elle a quatre-vingt-onze ans quand elle écrit cette note, quatre ans avant sa mort. Elle reste longtemps sur cette première page, elle y a posé les doigts aussi, leurs empreintes se mêlent, le papier garde quelque chose, on imprime le papier, une moiteur, la chaleur des paumes, le papier d'époque, rêche, accroche la peau.

Ce petit catalogue d'une vingtaine de pages retrace les premières années de l'entreprise Gaumont. Il est parsemé des notes d'Alice Guy, parfois deux lignes, une précision sur une date, d'autres fois l'encre bleue envahit les marges et les pages vides.

> « En 96, les vues étaient prises sur une petite terrasse ouverte à tous les vents, à côté de l'atelier de travaux photographiques (numéro deux et trois sur le plan). Le décor se composait d'un drap peint par un peintre éventailliste à l'imagination débordante. L'appareil monté sur un léger trépied était le plus souvent placé dans mon jardin pour obtenir le recul nécessaire. »

Constance, un peu plus assurée maintenant, approche la boîte devant elle et détaille chaque pièce. Elle est surprise de trouver toute sorte de documents : des feuilles de différents formats, écriture manuscrite, tapuscrite, des photocopies, des cartes postales, des photographies, des papiers parfois pas plus grands qu'une carte de visite avec quelques notes écrites à la va-vite.

Tout le monde est archiviste, un archiviste de soi-même. Au fil du temps on accumule les traces, les preuves de notre présence : carnet de santé, empreinte de mains minuscules trempées dans de la peinture verte, bulletins de notes, journaux intimes, fiches de salaire, tickets de courses. Ce billet de concert qui nous rappelle une rencontre, ce bracelet d'hôpital pour l'opération à laquelle on a survécu. Mais les maisons n'ont que quatre murs et les tiroirs débordent vite. Il faut jeter, trier, choisir. Il y a ce que l'objet veut dire, et le vide qu'il laissera si on s'en débarrasse. Parfois on liquide d'un coup, pour un déménagement, le passage à une nouvelle saison, c'est un grand appel d'air, souvent une résolution.

Une fois qu'on a disparu, les choses qu'on a laissées se chargent d'un autre poids, une signification supplémentaire. La chose la plus anodine devient la plus précieuse : un carnet d'écolier où on a appris à tracer les N, des dents de lait, un Post-it sur lequel on a gribouillé, alors qu'on était en retard, « j'achèterai le pain, à ce soir ».

Que veulent dire les archives qu'elle a entre les mains ? Que représentaient-elles pour Alice Guy, voulait-elle qu'elles lui survivent ? « Cher Louis, je ne sais pas si ce petit détail sera de quelques utilités pour vous. » Cette écriture dont Constance reconnaît maintenant les P qui ressemblent à des L. Elle s'attache aux mots : « Cher Monsieur Gaumont », « Chère Madame Alice ». À travers les marques de politesse et les tournures convenues, qui est-elle, lectrice de phrases qui ont bientôt cent ans. Elle se sent voyeuse, indiscrète à manipuler ces notes qui n'étaient que pour elle-même, Alice Guy, ces choses qu'on écrit comme tous les matins on a lavé sa tasse et fait bouillir de l'eau, ces documents qu'on range, qui font partie des meubles, garder c'est aussi jeter. Ils sont dans ce tiroir qu'on n'ouvre plus, dans cette armoire qui décore, et puis récupérés par d'autres, classés par d'autres, lus par des gens du siècle suivant. Circonscrits par la langue des archives, [s.d.], [164 f.], celle qui décrit, organise en fonds, maigre barrage.

Après l'impression d'une fenêtre sur quelque chose d'essentiel, un secret, les traces se font opaques. Ces morceaux de vie épars ne disent rien d'Alice Guy, ne permettent pas à Constance de la connaître, ni intimité ni amitié possibles dans cette somme de papiers. Les pensées d'Alice Guy, ses envies, ses espoirs, ce que pouvait être sa vie lui restent étrangers, les archives lui renvoient une distance infranchissable. Qu'importe, elle n'a pas à la connaître pour la mener au sommet du mont Blanc.

Il y a ces documents rassemblés là, conservés là, mais il y a tous les autres, ceux qui manquent. Pour toute une vie, une boîte ce n'est pas grand-chose. Alice Guy a déménagé beaucoup : de la France au Chili, puis retour, différents pensionnats, quelque temps à Paris dans les débuts de sa vie d'adulte et puis son mariage, un autre continent encore, Les États-Unis avec Cleveland, Flushing, un quartier de New York, Fort Lee. Et puis c'est le retour en France. Elle passe la moitié de sa vie à faire du cinéma, l'autre moitié à tenter de retrouver ses films. Sa fille obtient un poste dans une ambassade, Alice Guy la suivra au fil de ses affectations, écrivant des nouvelles et des comptes rendus de films sous pseudonyme. La Suisse, Paris, Washington, Bruxelles, et le New Jersey, sa dernière escale.

Comment garder les traces de ce qu'on a été au milieu de tant de mouvements ? En Asie, on fait du papier à partir de la pierre.

Constance en est persuadée, ses notes et ses carnets ont été conservés par Alice Guy en connaissance de cause. Il y a bien des papiers qui ont été agrégés à cette archive malgré elle, par d'autres, mais les annotations précises dans les marges des articles et des notices qu'on écrit sans elle témoignent de sa détermination patiente, compléter et corriger une histoire qui mentionne peu son nom, regagner sa place, dire qu'elle a été là. De retour en France, à quarante ans, sans argent et sans studio, elle ne peut plus réaliser de nouveaux films, alors elle cherche à retrouver les précédents. Réparer le manque de preuves, rattraper les traces.

L'archive est pour tout le monde. On consigne les décisions gouvernementales, les déclarations politiques, les arbres généalogiques des grandes familles. Il est de la responsabilité de chacun, de chacune, de constituer son archive, se réapproprier la légitimité du témoignage. Non pas une Histoire mais des histoires, faire tomber la majuscule, oublier les grands hommes. Les papiers qui sont devant elle, ce sont des traces qu'Alice Guy a laissées consciemment. Mais si elle avait senti que l'histoire du cinéma lui faisait une place, qu'on l'entendrait, sûrement aurait-elle gardé davantage.

Constance, au milieu des lettres et des notes de cette femme qui lui était étrangère il y a encore quelques mois. Les historiens la connaissent, le public à peine. Le cinéma a déjà ses héros : Lumière, Méliès, Edison, c'est suffisant ; les histoires simples sont celles qui se racontent le mieux. Alice Guy a fait ce qu'elle pouvait pour regagner sa place : la première moitié de sa vie à faire des films, l'autre à tenter de rattraper, consigner, affirmer ce qu'elle avait accompli. Au tour de Constance, au tour de toutes les autres de réinvestir son histoire, lui construire une légende, que le récit s'augmente à chaque répétition, qu'il excède celles et ceux qui le racontent pour s'ancrer dans la mémoire. L'histoire disparaît vite, dire encore. L'histoire n'est jamais définitive, dire encore.

Elle se repose contre le dossier en bois, devant elle les feuilles et photos éparpillées. Elle a trouvé un article, un journal américain qui a consacré deux pages à Alice Guy et son studio. En haut un portrait d'elle, et plus bas une photo où on l'aperçoit de loin, dans la neige : « *Alice Guy doesn't hesitate to shoot outside.* » Cette image la rassure, elle apparaît sur la pellicule de *Bataille*, Constance en est sûre maintenant. Mais pas plus d'indices, elle éprouve les limites des archives constituées par d'autres, le CNC, la Cinémathèque, les livres, articles et films faits sur Alice Guy. Maintenant à son tour : se lancer dans la poursuite, découvrir d'autres traces.

L'une après l'autre, elle dépose les pièces dans la boîte, il ne reste plus que le mince carnet gris, la notice des établissements Gaumont et sa première page, « Appartient à Madame Alice Guy-Blaché ». Elle l'imagine dans ce carton, le carton fermé,

fermé et sur une étagère, la boîte au milieu d'autres boîtes, dans une réserve silencieuse. La main à plat sur la page, elle tire à peine. En silence, le papier doux et assoupli par les années se déchire le long de la couture, jusqu'en bas. Feuille volante, libre, Constance la glisse dans sa poche, l'emporte.

XI

Sa chambre est au bout du couloir, au fond de l'appartement. Constance dort la porte close. Elle ne se souvient pas de l'âge où elle a commencé à fermer sa porte le soir, si c'était elle ou ses parents. Sa chambre d'enfant aussi était au bout du couloir, le salon deux étages plus bas, le son montait. Elle se rappelle qu'elle se faufilait hors de sa chambre, jusqu'au bout du couloir, attendait debout en haut des marches, prête à s'enfuir si elle était repérée. Pieds nus sur le carrelage froid, elle écoutait les discussions d'adultes.

À l'époque de la porte ouverte, la veilleuse était la lumière du séjour qui éclairait faiblement le couloir. Elle voulait s'endormir vite, pendant que la lumière était encore là, que ses parents étaient encore là. Elle redoutait le moment où le couloir serait noir, la maison silencieuse. Il fallait qu'elle s'endorme avant qu'ils s'en aillent. Elle fermait fort les yeux, la couverture serrée entre ses doigts, les rouvrait presque tout de suite, avait l'impression d'avoir essayé longtemps, sentait que la lumière bientôt allait s'éteindre, elle n'avait plus beaucoup de temps, fermer les yeux, chercher comment s'endormir. Elle se souvient de ne pas s'endormir à temps. Le noir du couloir et de la chambre et surtout plus de bruits de cuisine, plus de son de télé, ni paroles de son père ni paroles de sa mère. Ce n'était pas le noir mais l'absence de ses parents qui l'angoissait.

Elle ne sait pas donner un âge à ses souvenirs, ni si cette période a duré longtemps. La Constance qui guette au bout du couloir peut avoir huit, six, cinq, dix ans. Elle ne sait pas ce qu'est un enfant, ce qu'il pense et à quel âge il le pense. La Constance de ces quelques souvenirs est une abstraction. Il y a trop peu d'éléments pour reconstruire. L'enfance c'est l'attente. Elle a erré pendant vingt ans, jusqu'à devenir rationnelle, jusqu'à pouvoir circonscrire. L'enfance est un no man's land, un entre-deux-mondes qui empêche, entrave. On est obligé de tout quand on est un enfant.

Quitte à n'avoir que quelques souvenirs, Constance préférerait n'en avoir aucun. Naître à vingt ans, ses envies, ses peurs, sa vie déjà là, ses parents toujours mais aucun passé. Elle préfère le vide à ce qui ne fait pas sens. Ces quelques morceaux d'enfance, elle les a tournés, retournés, elle a essayé de les lier, cherché les combinaisons possibles. Les pièces ne s'assemblent pas. Ce sont des débris trop minces, des continents désertiques à des milliers de kilomètres les uns des autres. Son monde ne fait pas monde.

Sa chambre est au bout du couloir, au fond de l'appartement. Constance dort la porte close. Avant de se coucher, le même rituel. Dans le bureau, elle vérifie que le téléphone est raccroché. Dans le séjour que la télé est éteinte. Pour la cuisine, le plus important ce sont les plaques et le four, puis le frigo. Le dernier contrôle est pour la porte d'entrée. La cuisine dans son dos, la porte face à elle, Constance s'assure que la clé a bien été tournée deux fois, qu'elle ne peut pas aller plus loin. Elle la laisse dans la serrure. Puis elle essaie la poignée, une fois, deux fois, si tout va bien la troisième est la dernière et elle traverse son appartement, sans se retourner, entre dans sa chambre et en ferme la porte.

D'autres fois ce n'est pas si simple. Elle essaie la poignée une fois, deux fois, trois fois et recommence. Elle tourne la clé, la laisse dans la serrure, essaie la poignée une fois, deux fois, trois fois. Encore. Plus elle recommence, moins elle est sûre. Elle envie à les haïr ceux qui ne doutent pas. Ceux pour qui la réalité est ce qu'elle est. Les désinvoltes, les inconscients. Ceux qui n'éprouvent pas le « et si ». Ceux qui n'ont jamais vécu l'absolue faiblesse de la frontière, de la ligne entre ce qui est et ce qui n'est pas. Ce n'est qu'une ligne, une ligne tracée dans la poussière du bout du pied, qui ne résiste pas à la moindre brise. Une fois que le réel se fissure, il n'y a plus de limite.

Pour Constance rien n'est évident, tout doit passer par des tests et les tests eux-mêmes ont une fiabilité de passage.

Sa chambre est au bout du couloir, au fond de l'appartement. Ce soir elle n'a vérifié que deux fois la porte d'entrée. Lumière éteinte, enroulée dans la couverture, les yeux fermés, Constance appelle les images. Un vaisseau qui glisse sur le fond noir de l'espace, les bords d'une planète entrent dans le champ. Les premières notes de la valse de Johann Strauss, la musique déroule les plans, il est facile de les suivre, un soleil derrière une planète, un vaisseau encore, une surface cobalt et blanche, puis la lune, la caméra toujours est en mouvement, fait ressentir la rotation lente et monumentale des sphères accrochées dans le grand tout, le grand rien de l'univers, le noir rend les couleurs si vives, le rythme lent du *Beau Danube bleu* et le balayage de caméras bercent Constance, la guident vers le sommeil. Et puis un autre vaisseau, son préféré, un rond dédoublé qui tourne sur lui-même en même temps que sur orbite, elle allonge le plan, déroge au film, sa double rotation l'apaise, le cercle est un espace clos qui protège. Souvent c'est là que Constance s'endort.

« Nos premiers clients, les Grenier, une famille de forains, m'invitèrent à aller à Rouen assister dans leur théâtre à la projection du *Matelas alcoolique* que, comme je viens de vous le dire, j'avais personnellement mis en scène.

Ce fut pour moi un jour de fête. Je ne connaissais pas "les gens du voyage". Les Grenier vinrent me chercher à la gare dans une des premières autos, peinte en rouge et portant leur nom en lettres d'or. Ils possédaient une dizaine de roulottes aussi propres et confortables que le meilleur *trailer* américain. Chacun dans cette famille de sept ou huit enfants avait son emploi : le père et le fils aîné s'occupaient des projections, la mère tenait la caisse, les jeunes filles jouaient un intermède, etc.

Les projections avaient lieu dans une grande salle bâchée comme un cirque. J'y pris place avec le public et j'assistais là à une explosion de gaîté peut-être rarement dépassée à Cluny ou au Palais-Royal. Devant moi, une jeune femme se tortillait sur son banc et entre deux éclats de rire suppliait : "Assez, assez, j'fais pipi."

Après la séance, les Grenier me présentèrent à leur public et m'offrirent une superbe gerbe de roses et un beau chien de race. Ce fut ma première rencontre avec la Renommée. J'espère que quelque membre de cette famille lira ces lignes et y trouvera mon souvenir reconnaissant. »

Extrait tiré des Mémoires d'Alice Guy

XII

Lorsque Constance est rentrée chez elle avec dans la poche la page arrachée au carnet d'Alice Guy, plus rien dans son appartement n'était familier.

La feuille entre les mains, elle est allée de pièce en pièce, ne sachant plus quoi en faire. La voilà responsable d'une archive, de sa conservation.

Elle l'a posée dans sa bibliothèque, appuyée contre des dos de livres, dans un espace qui n'est jamais exposé au soleil.

Elle a regretté de l'avoir prise.

XIII

Le train ralentit, bruit de frein dans l'air froid de sept heures quarante-deux. Georges Grenier devant la porte, peu de gens descendent, il est le premier à gravir les trois marches, avance de biais entre les dossiers, sa sacoche à la main. Il retrouve sa place, au milieu du wagon, le carré de quatre sièges, contre la fenêtre, dans le sens de la marche. Pendant une demi-heure il peut étendre ses jambes, ensuite le train se remplit et il termine le trajet son sac sur les genoux. Il s'assied toujours du côté gauche, c'est avec cette vue-là qu'il voyage jusqu'à son travail, aller-retour depuis onze ans. À droite, pas de grande différence, le même trajet, la même ligne, mais c'est à gauche que pendant quelques minutes Georges longe la Seine.

Constance l'a suivi depuis son départ de chez lui. Elle attendait devant sa maison, avait prévu de sonner mais une fois sur place elle a trouvé ça étrange, alors elle a attendu. Quand il est sorti et qu'il s'est mis à marcher sans perdre de temps, elle l'a suivi. Derrière lui, elle observait ses épaules un peu voûtées, une sacoche à la bandoulière trop lâche, un manteau noir. À l'arrière de son crâne, il y a un rond de chair qui perce au milieu des cheveux, ça l'a émue, elle l'a trouvé démuni. Elle n'allait pas l'aborder comme ça, au milieu de ce quartier résidentiel, et pas non plus sur le quai, parmi les autres qui attendaient. Elle est montée en même temps que lui, s'est assise un peu plus loin, elle le voit à présent de face, des yeux clairs, des cernes, un visage rond, doux, sans relief.

Elle se prépare, sort l'image qu'elle a photocopiée depuis un livre de bibliothèque. En noir et blanc, datée de 1902, c'est une devanture richement ouvragée d'attraction foraine. La façade fait quarante mètres de long, de fausses arches, des imitations de colonnes anciennes surmontées de gargouilles. Une entrée à deux portes, encadrée de nymphes sculptées, des banderoles partout. Sur le côté un orgue de Barbarie, imposant, bruyant. Les passants, dans leurs robes et costumes noirs, paraissent chétifs à côté de l'imposante baraque, luxueuse, exubérante, qui crie en lettres majuscules, au-dessus de l'entrée, « CINEMATOGRAPHE ».

Il faut y aller. Pas un bruit dans le wagon, elle s'approche, s'assied en face de lui. Il replie ses jambes, irrité que cette femme ait choisi cette place alors que le train est à moitié vide.

— Bonjour, excusez-moi, monsieur Grenier ?

De tous ses trajets, on ne lui a adressé la parole que deux fois. Un vieil homme qui après avoir été bousculé a cherché son regard pour avoir un complice avec qui s'indigner. Une très jeune fille qui lui a demandé si c'était bien le train pour Disneyland. Aucun des deux ne connaissait son nom.

— Pardon de vous déranger.

Constance lui sourit, dépose la photocopie marquée de pliures sur la tablette entre eux.

— Je fais des recherches.

Elle pousse la feuille jusqu'au bord de la petite table, pour qu'elle ne tombe pas il est obligé de la prendre. Sur le fronton de la baraque foraine, en lettres majuscules « THEATRE ELECTRIQUE GRENIER ».

— Je ne peux pas vous aider.

Il replie la page en deux, la lui tend, elle ne bouge pas.

— Vous êtes bien le petit-fils de Louis Grenier ?

— Oui.

— Il était forain.

Georges hausse les épaules comme on chasse un insecte, comme on se débat contre une étiquette de col mal coupée. Les histoires que lui racontait son père à la lueur d'une veilleuse, le bras de fer entre la Femme à barbe et Hercule, les carrousels qu'on tournait à la force des bras, huit hommes pour mettre en branle le manège, le Glouton qui avalait des grenouilles vivantes, des canifs et des montres à gousset, les femmes collaient leur oreille à son torse pour entendre le tic-tac, le mât central du train fantôme, « plus vieux que moi, plus vieux que mon père, et quand j'ai dit à ton grand-père que je t'avais appelé Georges, tu sais ce qu'il m'a répondu ? — G. G., ça donnerait vraiment bien sur un camion de forain ! ».

— Je me demandais, est-ce que vous avez encore des objets de cette époque ?

— Il n'y a rien.

— En fait je cherche des films, des films qui auraient appartenu à Ernest Grenier.

Ernest, son deuxième prénom. À quoi ça sert, un deuxième prénom ? On l'entend quand on se marie, des copains s'en moquent en soirées. Les parents nous rajoutent ça, à la naissance, un bibelot, un caprice, un tribut aux ancêtres, rien à voir avec nous, c'est pour l'état civil, les papiers officiels, l'écho de tombes qu'on ne visite plus, deux mots qui se retrouvent, un prénom et un nom, formule magique, la répétition invoque la chaîne, la famille, l'unité, les hommes succèdent aux hommes mais les noms se répondent, se maintiennent, incantation futile, superstition, coquetterie ternie, le collier de perles d'une grand-mère qu'on oublie au fond d'un tiroir.

Georges Ernest Grenier. Qu'est-ce qu'il est censé faire, de ces sons mis ensemble, de ce prénom qui n'est pas le sien mais un prêt, un emprunt, quelle piété avoir ? Est-ce un modèle ou une menace ? Ressembler, être à la hauteur, mais de qui ? Il ne l'a jamais connu.

— Je ne l'ai jamais connu.

— Oui, forcément, c'est votre arrière-arrière-grand-père.

Tous ces pas à rebours, béquille maladroite, redondante, pour maintenir un lien où il n'y en a plus. « Arrière-arrière », est-ce qu'elle se rend compte ? Rien qu'une ligne dans un arbre généalogique, personne, c'est un passé qui ne le concerne pas. Il n'a pas le temps lui, de s'embêter avec des choses comme ça, d'ailleurs il arrive bientôt, il n'a pas pu relire son dossier, c'est malin, elle le met en retard, et il s'en fout de toute façon, pourquoi il devrait s'intéresser à ces gens disparus, à ces choses terminées, « de sa famille », et alors ?

— Je suis désolé, mais je ne peux vraiment pas vous aider.

— Vous êtes sûr, vous n'avez rien gardé ?

— Mon père est mort, ça fait… trois ans. Lui il aurait eu des souvenirs, mais moi…

Sur ses genoux, la photo de 1902. Des femmes en robe noir et chapeau sur un chemin de terre battue. Son nom à lui, Grenier, répété en majuscules sur la façade immense d'une attraction qu'il n'a jamais vue.

Il essaie de retrouver quelque chose de familier dans cette image en noir et blanc, un lien qui l'attacherait à cette scène, mais il ne reconnaît rien. Il se sent très fatigué, lourd, ballotté par le train, sur ce trajet apprivoisé, se lever lui paraît un effort trop grand, et s'il se laissait porter, au chaud dans le wagon, jusqu'au bout de la ligne droite des rails.

La voix amplifiée annonce son arrêt. Ses réflexes le mettent en mouvement, il reprend sa sacoche, se prépare à descendre.

— Votre photo.

Au dos, Constance écrit son numéro de téléphone, la lui tend de nouveau.

— Gardez-la. Si quelque chose vous revient. C'est important pour moi.

Tout autour les gens ajustent leur manteau, se rassemblent dans le couloir central, tanguent ensemble au rythme des aiguillages. Georges se lève, retrouve sa place dans la foule, puis sur le quai, les escalators, le métro, s'accroche à une rampe et prend conscience de la photo, encore froissée dans sa main droite.

XIV

Des cris et du désordre. C'est ce qui lui revient quand il pense à la fête foraine. Zigzaguer entre les jambes des adultes, la main de sa mère. Des odeurs. Toutes ces choses suspendues, à portée, des murs de peluches, des tas de cartons, appareils électroménagers, des aquariums en plastique plus petits qu'une boîte à chaussures, un poisson rouge à l'intérieur. Il ne comprenait pas pourquoi ici on pouvait repartir avec une voiture, une machine à laver, alors que dans la vraie vie ces choses-là se payaient cher. Le vacarme des roues sur les rails, les deux mains sur ses oreilles, le bruit pire encore quand il les retire, le son éclate, gonfle à l'infini, une vague immense, de plus en plus fort, il allait être emporté, ça le terrorisait.

Au milieu de la foule, un homme qu'il ne reconnaît pas mais qui le prend dans ses bras, le serre fort et puis se baisse à son niveau, lui offre une pomme d'amour avant de le soulever à nouveau pour l'asseoir dans un petit siège tenu par quatre chaînes en fer. Avant qu'il ait pu croquer dans le sucre rouge, le monde se met à tourner, il ne voit plus ses parents, gigote sur sa chaise qui prend de l'altitude. Une musique enjouée, beaucoup de lumière, il est perdu. Il aperçoit ses parents qui lui font un signe de la main. Il tend les bras mais le siège déjà est reparti pour un tour, prend de la vitesse. Il lâche la pomme, s'agrippe aux chaînes, maillons froids entre ses doigts. Georges a six ou sept ans. Son ventre se creuse de peur et de vertige mêlés. Il a envie de descendre tout de suite et de tourner pour toujours, les deux en même temps.

Les jambes libres, retenu par un siège si fin, presque rien, il tournoie dans le vide, emporté par la force centrifuge. L'axe est un rouleau éclatant, le voltigeur un phare parmi les néons rouges, verts, bleus qui clignotent, agressifs, l'attraction est un repère, celle où on se repose après les sensations fortes et les pics de vitesse. Pas de cris sur ce manège-là.

Dans son souvenir, l'envol n'a duré qu'un instant. En réalité, Georges est resté longtemps suspendu. Les autres descendaient quand la musique s'apaisait, regardaient avec envie ce petit garçon qui enchaînait les tours : le petit-fils du propriétaire. C'est la dernière fois qu'il visitait une fête foraine. Dépassé par les attractions de plus en plus grosses, incapable d'investir davantage, son grand-père s'est retiré des foires, mettant fin à trois générations de tradition foraine.

Georges est chez lui. Ses enfants dans leur chambre, sa femme devant un film. À la table de la cuisine, il sort son téléphone, cherche « Ernest Grenier fête foraine ». Plusieurs photos en noir et blanc. Des champs de foire de 1900, qui n'ont rien à voir avec ses souvenirs de fête. L'image d'un homme et d'un enfant, en costume tous les deux, regard face à l'objectif, l'air sérieux. Ils sont debout, de part et d'autre d'un instrument étrange d'où pendent une dizaine de stéthoscopes. « Phonographe » dit la légende. Georges agrandit l'image, cherche ses traits sur le visage de l'homme. Peut-être son arrière-arrière-grand-père, peut-être un visiteur, un curieux de passage. Il arrive qu'on ressemble davantage à nos ancêtres qu'à nos parents, que la filiation saute aux yeux, dans nos expressions, nos manières de bouger. Le portrait craché de. Une sorte de réincarnation, notre corps hanté par un autre. Georges ne se reconnaît pas.

Sur le site Internet, d'autres photos : des affiches du Théâtre électrique, quelques publicités, des jetons martelés « Biographe, rayons X et autres attractions ». Deux paragraphes qui résument la vie de son parent : sa naissance en 1855, son épouse, ses enfants, son théâtre, la guerre, la retraite, le décès. Cette vie dont il ne sait rien, sur la page d'un collectionneur de vieux papiers et monnaies anciennes. Trajectoire résumée, réduite, pleine de trous. Ces images absentes des albums de famille. Ces souvenirs et ces traces chez des inconnus, récupérés par des curieux, historiens amateurs, éparpillés. Qui sont ces gens ? Quels liens ont-ils avec ces vies qui ont mené à la sienne ? Et lui ?

Il visite d'autres sites, les mêmes informations se répètent, pas assez pour comprendre. Le lendemain de sa rencontre avec Constance, Georges avait attendu son train avec appréhension. Il s'était assis à la même place, avait oublié le paysage pour guetter les nouveaux passagers à chaque arrêt. Mais rien. Il avait été soulagé, il avait été déçu. Ces photos qui défilent sur l'écran le heurtent, il se sent un intrus dans ce passé et ce passé un étranger dans sa vie. Irréconciliable. Hermétique. Ernest Grenier, plus lointain que d'autres inconnus car il porte son nom et qu'il ne le connaît pas.

Il croit se rappeler son grand-père dans une fête foraine. Et puis plus de foire, ils lui rendaient visite dans une maison, quelque part vers Rouen. Que lui racontait son père déjà ? Le montage des manèges « à l'os », sans grue ni camion, Georges s'imaginait des squelettes immenses, comme ceux des dinosaures, qui soutenaient les rails et les wagons. Des souvenirs de souvenirs. Il ne sait pas grand-chose de l'enfance de son père, de ce qu'il était avant lui. Après le décès de ses grands-parents, on parlait d'eux par des formules invariables, fixes et abstraites : « Il était pas commode, il fallait que ça file droit ! » « Elle était travailleuse, on l'a jamais entendue se plaindre. » Des vies transformées en dictons, pas de chair autour de ces refrains.

On ne lui a jamais parlé de celui dont il porte le prénom, Ernest Grenier, forain, arrière-arrière-grand-père. Ou il a oublié comme on oublie tant de choses. 1900, c'est si loin.

Il se lève, va récupérer dans la poche de son manteau la page froissée, l'image d'un autre temps, un héritage qu'il ignore. Qu'est-ce qu'on voyait, une fois passées les portes du Théâtre électrique ? À quoi servait un phonographe ? À quoi ressemblaient leurs vies ? Qu'est-ce qui reste ? Debout dans l'entrée, il compose le numéro.

« Oui bonsoir, c'est Georges, Georges Grenier… Oui… Je me demandais… Moi je ne sais pas grand-chose. Mais il y a un garage, un box de stockage. Je ne sais pas, je ne l'ai jamais ouvert. Oui je crois. Si ça peut vous aider. On peut faire comme ça. Et je me demandais, vous, qu'est-ce que vous savez d'Ernest Grenier ? »

En 1874, le temps de pose des appareils photographiques est encore trop long pour saisir un mouvement rapide.

L'astronome français Jules Janssen élabore un revolver photographique, avec lequel il capture le passage de Vénus devant le Soleil. Grâce au rythme lent de l'éclipse, c'est un presque film de la planète traversant le Soleil.

XV

Le rideau de fer glisse sur son rail, heurte l'encadrement. Bruit de tonnerre qui se répercute contre les garages fermés. Ciel gris, froid, toits en tôle. C'est dimanche, Georges et Constance sont seuls dans le parc de stockage.

Ils reculent de quelques pas pour embrasser la totalité du garage. C'est une masse sombre aux contours indistincts, un empilement d'objets, affaissés les uns sur les autres, en équilibre les uns contre les autres. Pas d'éclairage à l'intérieur, l'obscurité soude les pièces détachées, les dilue l'une dans l'autre, c'est une somme compacte, brute, une bête qui attend. Georges sort une lampe de poche, promène le faisceau lumineux dans les entrailles du box. Des morceaux apparaissent, rouges, bruns, noirs, des bouts de ferraille, des formes inconnues, l'amas résiste sous la lumière, ne se comprend pas. Au seuil, Georges se heurte contre cette matière froide, muette, ces objets qui ne lui appartiennent pas. Alors à qui ? Les morts peuvent-ils être propriétaires. Ou pire, des biens sans fonction ni maître, des objets indépendants, solides, opaques. Aucun dialogue entre un pur objet et un homme.

Constance s'approche. Deux rayons lumineux maintenant tentent de percer le garage. Les restes des forains s'élèvent haut, plus haut qu'eux, le temps et l'abandon ont cimenté ce cimetière, l'air du dehors pourrait tout faire s'écrouler.

— C'est la première fois que je viens.

Georges immobile devant ce legs indéchiffrable. Intrus, imposteur, infidèle ; mauvais descendant.

Constance s'avance, ne distingue rien dans l'amoncellement compact, il faut vider. Elle saisit une première pièce, la tire péniblement, crissement, quelque chose derrière s'affaisse, elle la dépose au sol. Georges n'a pas bougé, horrifié par le pillage, cette infraction dans une intimité qui lui est étrangère, il est l'étranger, n'a rien à faire là, que devient la masse une fois qu'on a touché une de ses parties.

C'est un rail en bois, légèrement courbé, le début d'un virage.

— Sûrement un bout d'un manège qu'on montait à l'os.

— Quoi ?

Écho d'histoires à la lueur d'une veilleuse.

— Les vieux manèges, ils étaient montés à la main.

Georges tourne autour du rail, le soulève pour sentir son poids.

— Il y avait beaucoup de pièces détachées. Plus il y a de pièces, plus l'attraction est légère à transporter.

— Comment ça se passait ?

Constance, à son tour d'être conteuse.

— Les Grenier par exemple. Votre arrière-arrière-grand-père, il avait sept wagons.

Il a commencé par un simple stand de loterie. Sa femme était fille de porcelainier ; ils récupéraient la vaisselle ébréchée, la disposaient en ligne et proposaient aux passants de la briser en lançant une balle. Trois assiettes cassées, un lot remporté. Rapidement, ils s'agrandissent. Ernest Grenier a l'instinct des forains : à l'affût des nouveautés, de tout ce qui pourrait faire spectacle, il suit de près les innovations. Rayons X, kaléidoscopes, kinétoscopes, entre science et curiosité, les forains vulgarisent la technologie, donnent accès à la modernité. Il crée son Théâtre électrique Grenier. Là on peut entendre le phonographe Edison, voir des projections.

— J'ai vu des photos, du phonographe, on aurait dit une pieuvre…

— Avec on écoutait des enregistrements sonores.

Reproduire la voix humaine le plus franchement, disait la pub. Le public se rassemblait à cinq ou six autour de l'appareil, un peu plus grand qu'une boîte à chaussures, des écouteurs comme des stéthoscopes dans les oreilles, reliés au dispositif par un câble mou, eux étaient penchés autour de la machine, à l'écoute comme on veille un malade ou une planche de Ouija, et ces voix venues de nulle part, qui chantaient *La Marseillaise*, *La traviata*, ou *Le Cochon de saint Antoine*.

Pendant que Constance raconte, le garage se vide. Ils extraient les chevaux en bois, les éléphants à la selle vernie, les tigres et avions du manège pour enfants. La peinture écaillée se détache sous les doigts, les pupilles noires et fixes des animaux. Débarrassées les grosses structures qui encombraient l'entrée, ils avancent sur les premiers mètres. Il fait froid, le soleil imprime un trait au sol, ils le dépassent. D'immenses panneaux entassés, des volutes, de la peinture qui imite le marbre, du bois sculpté, de larges inscriptions aux couleurs passées. Le Théâtre électrique, défait, mis à plat, en morceaux. De la paume, Georges nettoie la poussière de bois, de terre, de temps, un L apparaît sous le gris.

— Alors c'est ça…

Il s'empare d'un des panneaux, tire, il ne bouge pas. Constance saisit l'autre coin, ensemble ils le dégagent, soufflent sous l'effort.

Ils le couchent sur la terre battue, on y lit « ELECT », le fronton est noir d'usure, les lettres blanches aux reliefs dorés. L'excitation dans la gorge et au bout des doigts, Constance fébrile, l'espoir de trouver quelque chose.

— Vous cherchez quoi exactement ?

— Des films.

Quand le cinéma naît, on ne sait pas quoi en faire. Tout le monde est impressionné par les images qui prennent vie, mais capturer la réalité est surtout l'affaire de la science. On regarde les trains, des hommes jouer aux cartes et puis on se lasse. C'est une curiosité qui se limite aux grandes villes. Pas question d'y voir de l'art : c'est une mode de passage où le peuple s'amuse. Nouveauté, spectacle, les forains s'en emparent et le cinéma s'épanouit sous leurs tentes.

— Au début, il n'y avait qu'une dizaine de forains qui s'essayaient au cinéma. Ernest Grenier était l'un des premiers.

Un projecteur, des films, quelques sièges et de l'obscurité, c'est tout ce qu'il faut pour cette nouvelle attraction. En 1896, c'est la foire du Mail d'Orléans, le cinéma n'a pas un an. Il fait très beau en ce début de mois de juin, le public est nombreux, c'est tous les jours la fête. Parmi les attractions, il y a une baraque qui présente une « expérience de photographie animée par le cinématographe ». C'est la première représentation du cinéma par un forain. Quelques jours plus tard, un incendie ravage la baraque, quatorze films sont détruits. Le cinéma est dangereux : la pellicule hautement inflammable et les lampes utilisées pour les projecteurs sont à base d'éther, matière instable à manipuler avec soin. Le cinéma flirtera longtemps avec la destruction, ce qui ne décourage pas les forains. La première fois que le cinéma est présenté dans une foire, il s'enflamme. Légende, légende. La première jusqu'à ce jour, jusqu'à ce qu'on retrouve d'autres preuves, d'autres traces. Mais pour l'instant, l'histoire est tragique, l'histoire est belle, on ne résiste pas à l'écrire comme ça.

— Alors mon arrière-grand-père aussi, son théâtre a pris feu ?

— Arrière-arrière.

— Oui, arrière-arrière.

— Jamais, il est très vite passé à l'électricité, il avait deux énormes groupes électrogènes.

Il fallait sept wagons pour déplacer le Théâtre électrique. Embarqués par une locomotive puissante, ils roulent de foire en foire : Rouen, Orléans, Saint-Nazaire, Angers, son nom peint en grand sur les côtés. Quand il arrive en gare, huit bœufs tractent les fourgons jusqu'au champ de foire. Une des voitures abrite les deux énormes groupes électrogènes, tout de tuyaux et fusibles, brillants, modernes, comme des réacteurs que le public vient admirer depuis les fenêtres. Deux voitures d'habitation, richement décorées, des meubles en bois ouvragé, des lits aux couvertures en dentelle. Les cinq autres wagons sont vidés dans la journée, il faut être prêt pour la représentation du soir.

Dans les campagnes, les forains apportent l'électricité : attraction en soi, ils paradent sur la place du village avec leurs voitures, les premières voitures, entourées de guirlandes d'ampoules étincelantes. Le jour, ils se transforment en réalisateurs : armés d'une caméra, ils se promènent sur le marché, à la sortie des églises, le long des chemins, aux alentours des fermes, tournent la manivelle, capturent les habitants un peu gauches face à cet œil devant qui on ne sait pas quoi faire. « Ce soir venez, venez vous voir sur grand écran, pour une pièce, à la nuit tombée. » Et avant les Méliès, les sorties d'usine et les entrées en gare, deux minutes d'images tremblantes où ceux qui encore s'éclairent à la bougie voient leur double s'animer sur un drap blanc.

Constance et Georges forment une chaîne, évacuent les

morceaux de la façade qui n'en finit pas. Des piliers en bois sculpté, chaque surface ouvragée, chargée de dessins, gravures. Une moitié de paysage, un visage mangé par les termites, la peinture craquelée, comme un masque, une terre aride. La concurrence est féroce sur la foire, il faut être le plus beau, le plus grand. Le Théâtre électrique fait quarante mètres de long, son orgue joue fort des mélodies mécaniques, plus fort que son voisin, l'entrée est éclairée par une arche d'ampoules rondes et blanches, comme des fruits mûrs, qui étincellent dans la nuit, attirent et appellent le public qui se rassemble, scrute la façade ouvragée qui est le premier spectacle, la foire montre, dévoile, exhibe, les baraques déploient peintures et dorures, étale, offre à la vue, il y a de l'ivresse à voir, de la jouissance à voir.

Le Théâtre électrique contenait quatre cents places. À quoi ressemblait une séance de cinéma chez les forains ? Impossible de savoir. L'extérieur des baraques a beaucoup été photographié : les banquistes en faisaient des cartes postales qu'ils vendaient au public, mais de l'intérieur, presque rien. Ce qui se passe dans une attraction reste un mystère, derrière le rideau de velours rouge, dans la pénombre où se love le show. Trop peu de témoignages nous sont parvenus, on manque d'indices. Nous restons sur le seuil.

Mais il y a les affiches, les noms qui font naître des images : « La Lune à un mètre », « Le président Kruger en France », « Cendrillon », « Miss Betsy », « Vie de Jeanne d'Arc », « La Femme volante ». Devant le public se succèdent des féeries et des films à trucs, des jongleurs et des acrobates. Le cinéma, une attraction parmi d'autres. On appelle sur la scène une femme courageuse dont on verra les os de la main, révélés par les tout-puissants rayons X. Un homme avale des clous, des couteaux et des horloges juste avant que la salle à nouveau s'assombrisse, l'écran éclairé d'images en mouvement. Voyage immobile, on découvre la Russie, le Japon, l'Antarctique, on voit des ours, des tigres et des lions. Par-dessus les cris de surprise et d'émerveillement, l'orgue de Barbarie au-dehors ne s'arrête jamais, appâte les clients suivants. Un conférencier explique et fait les dialogues, mais pas toujours. D'après l'humeur du projectionniste qui tourne la manivelle plus ou moins vite, suivant l'énergie de l'orchestre, les mêmes films se font entraînants ou tristes. Chaque représentation est unique, nous échappe, restent nos souvenirs et le cinéma pour rapiécer l'image, une fête foraine au mois d'août, pas loin du bord de mer, un presque baiser, le sucre évanescent d'une barbe à papa, le nez de clown en bouchon de bouteille du grand Zampano, l'arrivée d'un train dans la nuit et la brume, l'adrénaline d'une file d'attente, la peur, les regrets, l'estomac qui remonte, les bouches qui s'ouvrent et le cri coincé dans la gorge, les trompettes et grosses caisses de Fellini, une monumentale farandole de fin, le vinyle crissant des sièges, les chocs des autos tamponneuses, la barre à laquelle on s'accroche, mains moites, qui se relève et nous libère, le palais des glaces dans lequel on pensait se perdre davantage, la fête foraine, tour à tour mélancolique, spectaculaire, enfantine, grave.

Georges extrait une malle en bois sombre aux coins renforcés de ferrures. Le fermoir est libre, ni cadenas ni énigme, Constance fébrile, peut-être juste là des bobines. Elle bascule le couvercle, l'accompagne jusqu'au sol. Des visages. Joues rouges, sourcils épais, yeux maquillés de noir, bouches qui sourient ou ouvertes, en suspens. Des hommes et des femmes, regard fixe, droit devant, au ciel, depuis combien de temps dans cette boîte, des impacts ont marqué la peinture, creusé le bois, leurs habits se mélangent les uns aux autres, les marionnettes les unes sur les autres, costumes et robes, dentelle, mauvais velours. Après avoir joué les complots, tromperies et amours impossibles en théâtre miniature, passé le charme des guignols, ils ont été recyclés en chamboule-tout, un prix pour qui en fera tomber trois.

La malle est profonde, Constance y plonge le bras, le retire tout de suite, a rencontré des petites mains en bois, éprouvé la souplesse désagréable des marionnettes inertes, l'inconsistance des corps désarticulés. Elle rapproche un drap et une à une dépose les figurines. Certaines sont plus marquées, elles étaient placées au milieu ou quelque chose dans leur expression attirait les tirs. On appelait l'attraction « Le jeu de massacre ».

Au fond, peut-être des bobines, conservées là, oubliées là, Constance, un corps après l'autre, vide la malle. Un pied minuscule perd sa chaussure, elle la lui remet. Des bobines conservées là, oubliées là, le sauvetage des premiers films, l'œuvre du hasard, de particuliers qui sans le faire exprès, par habitude, sentimentalisme, effroi de jeter, pour garder un souvenir gardaient le souvenir du monde.

Divertissement populaire, curiosité, mode, que le temps passe et que passe le cinéma. Au fond de cette malle, quelques pellicules peut-être, même une, rien qu'une, qu'est-ce qui pousse une famille à garder des marionnettes, de vieilles affiches, des manèges démodés, qui ouvre les albums, expose l'argenterie, porte les colliers des grands-mères ; qui referme les albums avec l'envie d'y revenir bientôt ? Quelle chance de trouver dans cette malle, dans ce garage, rien qu'une pellicule. Garder pour maintenir la fiction d'un temps long, l'impression d'avoir prise, pour jouer l'illusion du sens, non nous ne sommes pas balayés par les siècles qui s'entassent, la dégénérescence de nos cellules, les glaciers mêmes meurent et tous les jours de nouvelles montagnes se forment, sont en train de se former mais avec cette photo du mariage des arrière-grands-parents, ma place parmi l'Himalaya qui tous les mille ans grandit d'un mètre.

Le malaise quand on jette des chaussons de baptême. Garder par superstition. Si les objets pouvaient juste disparaître. Au fil des générations, un héritage de plus en plus parcellaire, un héritage unique, impossible de garder plusieurs histoires, une seule survit, « l'histoire de la famille », simpliste, expurgée, polie, réduite à un seul fil. Le passé. Cette chose sans laquelle, dit-on, l'avenir est impossible. Qui nous ancre. Fiction. Des quinze premières années du cinéma, on a perdu les deux tiers. Du passé, on ne garde rien. Du fleuve aux multiples courants, plus qu'un filet qui difficilement s'écoule, n'irrigue plus, au fur et à mesure s'amenuise. Ou des lacs souterrains, immenses, à l'eau noire, pas la somme des ruisseaux mais la rencontre de courants qui n'ont jamais vu la lumière du jour, grand tout inintelligible, eau lisse dans laquelle on se noie.

Se débattre avec les traces.

La malle est vide, pas de bobine.

Constance se laisse retomber, assise sur ses talons, sur le sol en terre battue. Ses bras sont lourds, une fatigue encombrante sur ses épaules. Bien seule face à la marche du temps, indifférente, inhumaine, bien peu contre la perte, la destruction et les disparitions.

— Hé ça va ?

Georges, accroupi près d'elle. Elle lève les yeux, laisse la malle vide. Le garage est plein aux deux tiers encore.

XVI

Constance referme la porte de son appartement, deux tours de clé, le bruit rassurant du verrou, elle est chez elle. Ses bras sont douloureux des efforts de la journée, avec Georges, ils poursuivront bientôt la fouille pour extraire les restes du Théâtre électrique et voir ce qu'il y a tout au fond du garage. Si elle a réussi à exhumer une baraque foraine de 1900, elle peut parvenir à *Bataille de boules de neige*. Il est vraiment possible alors de retrouver des bouts d'histoire, elle se sent puissante, de taille.

Dans l'entrée, elle se déshabille, de ses chaussures à son pull, de son jean à sa culotte, elle lance tout de suite une machine, transition, le dehors et le dedans, le dehors circonscrit pour un dedans rassurant.

Nue, elle sent encore les tissus, les robes et costumes miniatures, secs de confinement, les uns sur les autres, les uns mêlés aux autres, qui gardent en eux les centaines de contacts, les milliers de mains maintenant sur ses mains à elle.

Le garage est plein aux deux tiers encore, la pellicule toute proche peut-être, et si elle n'est pas là alors ailleurs, elle la trouvera. Cela fait quelque temps maintenant que l'histoire du cinéma et la vie d'Alice Guy se sont superposées à la sienne. Elle a découvert un nouveau territoire, et la recherche, qui la porte, l'entraîne.

La salle de bains, la douche, laver les mains d'abord car ce sont elles qui laveront le reste, beaucoup de mousse, elle frotte entre les doigts, sous les ongles. Les bras ensuite, celui qui a plongé dans la malle, au fond le bois alors qu'elle espérait du fer, une boîte ronde, étiquette effacée, l'ouvrir, dérouler la bobine face au soleil, découvrir les images, le monde capturé sur 35 millimètres de large. Ou une boîte mangée par la rouille, granuleuse, à l'intérieur la pellicule collée, qui a suinté puis s'est solidifiée, impossible à dérouler, le film à jamais invisible. Au dernier stade, la pellicule se désagrège, poussière d'images.

Elle recommence, a lavé son ventre sans y penser, sans se le rappeler, frotte sa taille, sa poitrine, chaque parcelle de peau doit être lavée de l'extérieur, de tout ce que l'extérieur peut contenir. En milieu instable, la dégradation du nitrate est inéluctable. La pellicule se détériore, dégage un gaz qui infecte l'ensemble, attaque son contenant, tout ce qui est en fer rouille, une odeur, mélange d'acidité chimique et d'acidité de cadavre, la pellicule qui se détériore détériore les autres, contagion, lentement les films suintent et se collent, un miel de mort, oubliés au fond de caves, de garages, un naufrage lent et muet, inexorable. Elle savonne ses cuisses, ses mollets, la plante des pieds, se penche, ses fesses touchent le mur carrelé et froid, contact insupportable, elle s'en veut de ne pas avoir fait attention, elle frotte plus fort, plus de savon, encore, laver deux fois, le bas du dos, le haut des cuisses, se recroqueviller au milieu de la douche, laver ses cheveux les bras serrés.

Il est très difficile de sauver un film qui a commencé à s'abîmer. Passé un certain stade la décomposition est irréversible alors on détruit, par le feu, le nitrate contaminé est une bombe en puissance, sa combustion dégage de l'oxygène, le nitrate produit sa propre fin, quand il brûle il continuera de brûler, elle a vu des vidéos, sur Internet des gens se filment, mettent le feu à une pellicule, un petit foyer puis des flammes de plus en plus hautes, dans l'allée d'un quartier résidentiel, au crépuscule.

Elle arrête l'eau, du bout des doigts fait coulisser la porte, les deux pieds sur un linge posé par terre, elle s'emballe dans une serviette. Les orteils recroquevillés sur le tissu, elle sort de la salle de bains, referme la porte sur la vapeur, toujours sur le linge, traîne le linge sous ses pieds. Elle ne doit pas toucher le sol de ses pieds nus et propres. Elle enfile une nouvelle paire de chaussettes, un pantalon ample, un pull à manches longues. Grimpe sur le lit, sur les couvertures, un îlot préservé, un peu moins de quatre mètres carrés où elle ne risque rien, où elle tient l'extérieur à distance. Le nitrate qui brûle brûlera, la pellicule détériorée se détruira, *La Joconde* est sous caisson de verre, on a scellé la grotte de Lascaux. Les glaciers fondent, les pigeons chient sur les statues, les pyramides s'érodent et parfois des trous profonds s'ouvrent au milieu des villes.

Le monde vieillit, les archives grossissent, aucun support n'est éternel. L'humanité garde son histoire, têtue, butée, tient, tient jusqu'au prochain incendie, jusqu'à la prochaine guerre, retient sa respiration, l'expiration et la chaleur des corps menacent les traces de milliers d'années. Impossible d'empêcher la dégradation comme il est impossible d'empêcher la fertilité : les contraceptifs ont tous une marge d'erreur, des dégâts pour le corps, lâchez, lâchez la mémoire, le passé, l'ordre des choses est à la reproduction, l'un après l'autre, l'un remplaçant l'autre, l'un sans mémoire de l'autre, si naïf d'y voir une histoire, d'y voir une évolution, le temps passe et pour le reste il n'en est pas autrement, rejouer les mêmes vies, les mêmes espoirs, le même échec, toujours le même Récit.

Constance dans le lit, tête sur l'oreiller, lumière éteinte. Elle aimerait dormir, se calmer et dormir mais elle sent quelque chose sous ses ongles. Elle a beau veiller, prendre garde, l'extérieur trouve un moyen, pénètre ses remparts, se plaque à sa peau, s'accroche. Elle passe son temps à se dépouiller, à se nettoyer d'agressions imaginaires, ses habits sont dans la machine, son corps est lavé. Et si. Une impression. C'est volatil une impression, c'est diffus, ça s'infiltre, ça s'insinue. Ça reste là.

Tous les objets qu'elle a touchés aujourd'hui, les mains plongées au milieu des marionnettes, quelles bactéries sur elles, quels dangers microscopiques ont pu se loger entre la peau et l'ongle, ressentir son corps comme l'ennemi, pente dangereuse, elle s'efforce de reculer, entrevoit sa nuit sans dormir, essaie de repousser cette sensation sous la peau, comme si quelque chose était à l'œuvre déjà, une fois dans le sang impossible à nettoyer, à expulser. Elle sait l'angoisse ridicule.

Elle allume la lumière, fouille dans le tiroir de la salle de bains, ne retrouve pas la lime. Sur son bureau, un trombone qu'elle déplie, lave au savon, puis au-dessus du lavabo elle passe l'extrémité sous ses ongles, deux fois pour chaque ongle, du savon, laver encore, puis elle rince le trombone, le pose sur le rebord du lavabo, se lave à nouveau les mains, enfin les essuie.

Elle se recouche, se sent mieux dans les draps. Lumière éteinte, yeux fermés, elle appelle *2001*, la valse et les images de planètes sur fond d'espace, se concentre sur les mouvements de caméra, amples, la musique, ample, une apesanteur, le format rectangulaire de l'image, les choses circonscrites, le vaisseau rond qui doucement tourne, l'orbite d'une orbite, rien ne peut arriver dans un cercle. Avance rapide, ellipse, un corps en apesanteur, en combinaison, couleur rouge, respiration profonde et la voix d'une machine apeurée qui perd ses mots, sa mémoire, se perd, s'éteint.

On a retrouvé des pellicules d'Alice Guy jusqu'en Iran.

En 1900, le prince du Golestan s'était rendu à Paris pour l'Exposition universelle. Là il avait acheté plusieurs films Gaumont et une caméra.

Il a rapporté les bobines jusqu'en Iran et a réalisé certaines des premières vues cinématographiques du pays.

XVII

Les tables sont alignées, des rangées de stands parmi lesquels circule une foule en colonne. Au plafond des néons, une boule à facettes immobile, au mur des espaliers et au sol les marques bleues de terrains imaginaires, revêtement un peu mou des salles de gym. Les gens se suivent, rythme lent des brocantes, les visages baissés sur les bibelots, brouhaha des conversations.

Constance pénètre dans la salle polyvalente d'Argenteuil. Elle a découvert cet événement il y a trois jours, juste à temps. Pendant un week-end, une des plus grandes foires de matériel de cinéma de France. Elle s'est levée très tôt pour y être le matin du premier jour et elle n'est pas la seule.

Les collectionneurs, un monde dont elle ne connaît rien. Elle a cherché sur Internet, difficile de les dénombrer, il y en a qui apparaissent de temps en temps dans les journaux locaux, d'autres qui entretiennent un site, beaucoup d'invisibles. En photo, des maisons encombrées d'appareils, des étagères qui débordent de pellicules.

Sur les tables tant de choses. Elle voit tout en même temps, ne voit rien. Parmi les têtes, les mains, les corps qui lui bouchent la vue, elle se hisse sur la pointe des pieds, essaie de retrouver la forme de bobines. La foule serpente entre les tables, circuit dans lequel elle est prise, le film peut-être sur un stand, quelqu'un sur le point de le lui prendre. Elle est coincée dans la file compacte qui avance au pas, procession qui piétine et Constance piétine avec elle.

Des affiches en tas, les bords rebiquent.

Des piles de DVD.

De cassettes vidéo.

Derrière elle des gradins vides, et devant la scène, fond noir, plancher noir, un trou. Les rideaux rouges pendent de chaque côté, ils auraient dû les fermer. Ça la met mal à l'aise, ces espaces qu'on utilise pour autre chose que leur usage, un théâtre le jour, un magasin la nuit, un cabinet de généraliste dans un appartement.

Des livres, pages sèches, jaunies.

De vieux numéros de magazines, les visages en couverture sont familiers, certains sont morts, tous ont vieilli.

Des figurines dans leur boîte.

Constance, si proche de la personne qui la précède et de celle qui la suit, les vestes se touchent, les membres aussi, proximité obligée des marchés, un espace clos et le sens de la file qui serpente entre les tables. Envie de courir, peut-être trouver le film, enfin le film, de s'échapper, serrés les uns contre les autres, dès qu'un corps touche son corps une décharge, un rejet, elle se barricade à l'intérieur d'elle-même. Quelqu'un s'arrête pour examiner un objet, la colonne le contourne, organique, le cortège poursuit, avance, tangue d'un pied sur l'autre.

Des mugs fantaisie.

Des appareils photo argentiques, boîtiers noirs et corps en accordéon.

Des albums à la couverture épaisse, remplis de cartes postales noir et blanc, des actrices surtout, brushing parfait, on dirait des sœurs.

Quatre boîtes rondes en fer.

Elle les attrape, lit trop vite, les lettres se mélangent. *E.T.*, *Kill Bill*, *Scary Movie*, des bandes-annonces. Elle les laisse retomber sur la table.

— Eh ben, ça c'est de la déception.

— Pardon, c'est juste que…

Derrière la table, un homme aux lunettes carrées, une barbe brune de quelques jours, un jean et un sweat vert, des cheveux en bataille.

— Vous cherchez quelque chose de précis ?

— Oui, voilà.

Entre eux, des VHS aux jaquettes colorées, dessins psychédéliques, années 1980, de grosses bêtes et des femmes qui hurlent. Constance en prend une. Dans sa main la densité rassurante de la cassette vidéo, retrouvailles avec des dimensions familières, une matière, un poids, ces choses auxquelles on ne pense plus, qu'on oublie avoir connu, et qui reviennent d'un coup, les objets, chargés, meilleurs vecteurs de la mémoire. Elle la retourne, au verso un résumé et des plans extraits du film où s'affrontent des monstres en carton-pâte. Quand elle était petite, elle accompagnait sa mère pour louer des DVD. Pendant que les adultes discutaient à la caisse, Constance se glissait dans les rayons jusqu'au coin « horreur ». Elle retournait les boîtiers, très vite, un aperçu de deux ou trois plans du film, c'était comme des éclairs. Il y avait tout dans ces images. La peur, l'angoisse, le sang. L'anticipation de ce que pouvait être le film. Elle emportait ces flashs chez elle, qui se mélangeaient, esquissaient des contours flous, souvenirs d'envie et de terreur.

— Hé Jean-Baptiste, ça va ? On t'a pas vu à Bièvres !

Derrière Constance, un homme avance les bras au-dessus de la tête, deux cafés dans chaque main.

— Je l'ai ratée celle-là. Bonne pêche ?

— Bah tu sais, on trouve toujours quelque chose.

Il fend la foule un peu plus vite que les autres, avec l'assurance des gens qui sont chez eux. Constance va s'engager dans son sillage, profiter de l'ouverture qu'il perce.

— Et qu'est-ce que c'est ?

— Pardon ?

Jean-Baptiste, les mains dans ses poches de jean, les bras tendus qui font remonter ses épaules, un air de lutin timide et joyeux.

— Ce que vous cherchez, qu'est-ce que c'est ?

— Oh.

Elle revient face à lui, se presse contre sa table pour que la colonne qui la dépasse la touche le moins possible.

— Un film, de 1900.

— Ah oui…

Rien sur son stand qui concerne cette période. Est-ce qu'il y connaît quelque chose ? Il doit s'ennuyer, à voir défiler les gens comme dans un zoo, elle n'a pas de temps à perdre, elle a quelque chose à trouver, a peur de chercher au mauvais endroit, diluée dans la foule.

Elle essaie.

— C'est un film d'une réalisatrice, Alice Guy.

— Ça me dit rien.

Est-ce qu'elle devrait aller voir chaque exposant, « bonjour, je cherche un film d'Alice Guy, vous en avez entendu parler ? » comme ceux qui vont de porte en porte distribuer des photos de leur proche disparu. Il faudrait rebrousser chemin, recommencer au début de la file.

— Je demanderais à Jeannot…

Tête levée, Jean-Baptiste scrute la foule.

— Il est là-bas.

Sa main pointe un stand que Constance ne distingue pas, tout se ressemble, des hommes derrière des tables.

— Vous savez quoi, attendez – il se penche vers son voisin, tee-shirt des *Dents de la mer*, assis sur un tabouret. Marco, tu me gardes ma table dix minutes ?

Jean-Baptiste passe du côté public, « suivez-moi », il trace dans la masse de flâneurs. Pour ne pas le perdre Constance se colle presque à lui, les épaules se referment vite sur le chemin qu'il ouvre. Les bras pliés contre son torse, les mains serrées qui se réfugient contre son cou, elle se protège comme elle peut du toucher des autres, en même temps surveille les objets sur les tables. Elle a si peur de laisser échapper quelque chose, d'arriver trop tard. Peut-être une bobine, sa bobine sur la table d'à côté, peut-être à une brocante qu'elle ne connaît pas, tous ces possibles et Constance qui ne peut chercher qu'à un endroit à la fois. Elle guette les photos en noir et blanc, les images de tournage, le visage maintenant si familier d'Alice Guy, elle reconnaîtrait ses traits dans une foule, sa silhouette parmi le flot. Presque à chaque stand, Jean-Baptiste salue, échange quelques mots.

— Vous faites ça depuis longtemps ?

— Six ans seulement, j'suis un p'tit nouveau. La plupart sont là depuis vingt, trente ans.

— Vous avez l'air de connaître tout le monde.

— C'est comme une petite famille. On entasse des vieux machins dans nos apparts, dans nos maisons. Ça déborde de partout mais on peut pas s'empêcher d'en rapporter d'autres.

Un projecteur Super 8 face à trois pans de carton bricolés, une feuille blanche scotchée au milieu. Un homme à la bedaine de grand-père, robuste mais voûté, ajuste une pellicule de ses doigts épais, démarre le projecteur. Sur le rectangle blanc, des images tremblotent. Les gens s'arrêtent, un petit attroupement se forme. Dans les bras de son père, un garçon passe sa main entre le faisceau et l'écran de fortune, l'image disparaît, le gamin rigole.

— Salut Jeannot !

— Hé J.-B., comment ça va ?

— Tu aurais pas du nitrate ?

— Ici ? Je suis pas fou.

— J'ai quelqu'un là – il se décale, lui laisse de la place.

— Constance, bonjour.

— Elle cherche un film de 1900.

— Hum.

— *Bataille de boules de neige*, d'Alice Guy.

Sur le côté, une femme demande le prix d'une affiche qu'elle tient à bout de bras. Après avoir hésité, elle donne un billet, récupère sa monnaie. Jeannot enroule le poster, fait deux tours avec un élastique distendu.

— Pour trouver du nitrate bonne chance. C'est très contrôlé, on doit déclarer dès qu'on dépasse cinquante kilos – il fléchit les genoux, se laisse lourdement tomber sur une chaise pliante, souffle un peu. Et puis c'est de plus en plus rare, une ou deux pellicules dans un lot… Le 35 millimètres ça prend déjà tellement de place, alors en plus si ça risque de cramer ta baraque !

Il tousse, une toux grasse, bruyante, qui soulève sa cage thoracique et son ventre. Elle attend qu'il ait repris son souffle.

— Il n'y a pas des gens qui collectionnent du nitrate, juste du nitrate ?

— Il y a des collections de tout. L'autre fois j'ai vu dans le journal quelqu'un qui collectionnait les pions de Monopoly, vous imaginez ? – il sort un mouchoir en tissu de sa poche, s'essuie la bouche. Il en avait des centaines.

— C'est possible alors, de trouver un film de 1900 dans une collection ?

— Tout est possible.

Elle aimerait qu'il réponde. Oui ou non. Qu'il lui dise. S'il y a une chance ou pas. Il doit bien y avoir quelqu'un qui sait, ou elle ira elle-même, s'il lui faut contacter tous les collectionneurs, un à un, très bien, elle n'a pas besoin de gens qui répondent à moitié, qui font les connaisseurs et gardent leurs savoirs pour eux, « tout est possible », sans déconner, elle le connaît le gouffre du tout est possible.

— Moi je pensais à Charles.

À côté de Constance, Jean-Baptiste.

— Ah ça, évidemment, le Grand Charles…

— Et puis André, tu crois pas qu'il aurait des trucs comme ça ?

— Il est toujours vivant lui ?

Un homme s'arrête à côté d'eux, examine des affiches sous verre dédicacées. Il sort son téléphone, s'apprête à prendre une photo « Ah non monsieur, si vous voulez repartir avec une image il faut l'acheter ». Jeannot se lève péniblement, commence la négociation.

— Vous voulez prendre un café ?

Jean-Baptiste pointe le fond de la salle, un espace plus dégagé, quelques tables hautes. Elle le suit jusqu'à la buvette improvisée, deux machines à café sur un cheval-d'arçons, le gros câble de la rallonge disparaît dans la réserve parmi des tapis de gym et des ballons de basket. Elle prend un thé, refuse du cake coupé en tranches dans une petite corbeille en osier.

— Alors vous aussi vous collectionnez ?

— Oh non, moi je cherche un film, c'est tout.

— Ça fait longtemps ?

— Quoi ?

— Que vous cherchez ?

Devant eux la foire grouille de curieux, de familles, d'habitués aux cheveux blancs. Dans le brouhaha et le mouvement lent de la procession entre les stands, ça lui saute aux yeux, l'organisation en amont pour fixer une date, louer la salle, disposer les tables, ces bénévoles qui la semaine prochaine feront les mêmes cakes pour un autre événement, ces autels dressés, aménagés pour exposer et vendre des restes, l'Histoire dispersée, partout et nulle part, obscène et futile, se délester d'objets, en récupérer d'autres, rentrer chez soi avec quelque chose, un témoin, le signe que cette journée s'est écoulée et qu'il en reste quelque chose, et elle, elle a honte de la feuille qu'elle a déchirée, petit bout de papier posé dans sa bibliothèque.

— Bon, je vais aller retrouver mes cassettes…

Jean-Baptiste tapote son gobelet vide contre le plastique de la table. Deux enfants au maquillage de tigre passent en courant.

— Vous leur direz au revoir de ma part.

— J'y manquerai pas !

— Et pour les collectionneurs, les deux personnes dont vous parliez.

— Le Grand Charles et André, oui bien sûr. André il est un peu spécial, c'est une chance sur deux avec lui. C'est mieux si je vous accompagne, il me connaît, je vais le contacter.

Il sort son téléphone.

— Voilà le numéro de Charles, vous pouvez lui dire que vous appelez de ma part. Et puis vous pourriez passer voir Lucien aussi, oui allez voir Lucien. Moi je vous tiens au courant dès que j'ai des nouvelles d'André.

— Merci.

Il la salue d'un geste de gobelet, le jette dans un sac noir scotché au mur et s'éloigne. Constance part de l'autre côté, elle veut passer devant les stands qu'elle n'a pas encore faits, même si elle se doute maintenant qu'elle ne trouvera rien ici.

Pourquoi elle ne lui a pas parlé de sa recherche ? Son envie, son besoin, son court-métrage. Elle ne l'a dit à personne. Ce n'est pas un secret, ce n'est pas quelque chose qu'elle cache.

Quand elle aura trouvé *Bataille de boules de neige*, que deviendra son court-métrage, son court-métrage terminé ? Un film est fait pour être vu. Elle n'a jamais pensé son film pour qu'il soit vu. Par qui, et où ? Elle fait ce film pour lui-même, il portera une histoire, une autre version de l'histoire, qu'il existe est suffisant.

Constance parmi les centaines de visiteurs de la foire d'Argenteuil, diluée dans la foule, ce désir au fond d'elle, une force autour de laquelle elle se serre. Elle pense à Pascale, elle aimerait retourner au CNC, lui dire qu'elle a réussi, à son tour lui raconter l'histoire d'une pellicule retrouvée.

Entre les tables, souvenirs d'autres brocantes. Devant elle une boîte en bois, longue et étroite, à l'intérieur des plaques de verre un peu plus grandes qu'une carte de visite. Sur les diapositives des moulins, des montagnes, des châteaux et des églises. Il faut sortir chaque plaque, la mettre à la lumière pour voir ce qui est imprimé à sa surface. Entre le pouce et l'index, le monde en miniature. Sur une plaque, une colline vue de loin, deux personnages se tiennent en retrait, un homme près du bord. Il a un chapeau, sa silhouette est fine, plus petite qu'un arbre. Elle n'arrive pas à savoir s'il s'approche du bord ou s'il en revient.

Délicatement, elle replace la plaque entre les deux encoches, referme la boîte en bois poli.

Il y a un film, fait en 1890. C'est une silhouette blanche, elle bouge, se déforme quand l'image saute. De très mauvaise qualité, on devine une tête, un buste et deux bras qui se détachent sur un fond noir. Le film dure vingt-sept secondes. À cause de l'enchaînement trop saccadé des images, la silhouette sur la fin n'est plus qu'une forme, ces formes qu'on voit dans les reflets, à la surface d'un lac. C'est la plus belle chose qu'elle ait vue, ce presque homme, ce presque cinéma, elle ne saurait pas mettre de mots, ça ne se décrit pas. Depuis qu'elle l'a vu, elle n'est plus jamais seule.

Plus loin, un classeur rassemble de petits photogrammes extraits de films, des tirages argentiques de 20 centimètres sur 25. Elle tourne les pages, s'arrête sur une image de *2001 : A Space Odyssey*. Le personnage est au milieu d'un couloir rond, les pieds détachés du sol, un décentrement vers la droite fait croire à l'apesanteur, il se tient d'une main à la paroi arrondie.

— Combien pour celle-là ?

Le vendeur se penche pour voir la photo.

— Soixante-quinze.

Il faudrait demander quarante, insister, jouer, se mettre d'accord pour cinquante. Elle ne sait pas faire.

Elle referme doucement le classeur, s'en va.

XVIII

Constance sort du métro place de Clichy. Tout de suite, l'écran immense sur la façade d'un cinéma, rectangle d'une dizaine de mètres, une pub pour un dessin animé, disque rayé dans le ciel gris de la matinée. Elle lui passe devant, remonte la rue Caulaincourt. Au croisement, un autre cinéma, le Gaumont-Palace. Il n'existe plus, a été rasé, à sa place se dressent un Castorama et un hôtel Mercure. Du bleu, du jaune, une pancarte qui annonce un restaurant libre-service ouvert sept jours sur sept.

Beaucoup d'archives ont été retrouvées dans de vieux cinémas. Derrière les larges écrans, dans les cabines de projection, les caves, une caisse par terre, des boîtes rondes, des étiquettes jaunies, des titres tracés à la main et à l'intérieur le chuintement d'une pellicule qui glisse. On a récupéré des affiches, des copies d'exploitation, des négatifs, des restes conservés par un employé, ouvreur ou projectionniste, petite collection pour le plaisir, fétiche, et puis le cinéma a fermé, les pellicules sont restées là. Ces archives du hasard, détruites, sauvées parfois. Aujourd'hui encore, de vieilles salles, des cinémas de quartier, qui sait si au fond de leur cave, si derrière leur écran…

À la foire d'Argenteuil, il y avait trop de gens, trop de choses. Constance a besoin de chercher une personne après l'autre. Demain elle a rendez-vous avec un homme qui lui montrera sa collection. Ici elle revient aux lieux avant d'aller vers les objets. Dans la réalité d'aujourd'hui trouver en creux la réalité passée, dans la pierre rattraper des indices tangibles, la géographie un lien entre passé et présent, les rues, les bâtiments, des repères à travers le temps, qui défilent moins vite que les hommes, les femmes, les ans.

Le Gaumont-Palace a été rasé. Constance est têtue.

Alice Guy n'est jamais passée sur l'écran de ce cinéma : elle est partie en 1907 aux États-Unis, il a ouvert en 1911.

Constance fait face au Castorama et à l'hôtel Mercure. Patiente au passage piéton, un flot de voitures, une moto accélère, bruyante, Constance se crispe. Elle cherche un indice sur le bâtiment, des bribes des photos noir et blanc vues sur Internet : une façade immense, ouvragée, une coupole, le G au milieu d'une marguerite. Elle ne trouve rien. À sa fermeture, on a rasé le Gaumont-Palace. Pas plus terrible que de démolir une barre d'immeubles, une école, une usine, plus terrible pour elle. Le grand écran caché par un rideau de velours rouge, les chaises, toutes tournées dans la même direction. On n'imagine pas un cinéma faire faillite.

En cherchant Alice Guy, Constance découvre les débuts du cinéma. Au commencement, pas de lieux dédiés, ni fauteuils rouges ni silence, les salles de cinéma n'existent pas. On voit les films dans des cabarets, des théâtres, au milieu d'autres divertissements, le cinéma est l'entracte, la curiosité qu'on montre entre deux attractions. Dans les salles de café, les brasseries, les baraques foraines, les images en mouvement se battent contre le vacarme des fourchettes, des rires et des orgues de Barbarie.

Ainsi défilent les films d'Alice Guy, pendant une dizaine de minutes ils scintillent sur un drap blanc, devant une foule de bavards qui, pour beaucoup, voient le cinéma pour la première fois.

À l'entrée de la galerie marchande, une promotion pour des cadres. Elle reste à la lisière, ne pénètre pas dans le magasin de bricolage, longe les caisses jusqu'au guichet « Conseils et livraison ». Deux femmes penchées sur un bureau.

— Excusez-moi, bonjour.

— Bonjour, vous avez rendez-vous ?

— En fait je fais des recherches sur les cinémas Gaumont, et il y avait un cinéma ici, avant.

— Oui oui, c'était un cinéma avant.

— Il a été rasé, mais quand on rase on ne touche pas aux sous-sols.

— Les sous-sols oui.

— Je me demandais si je pouvais voir vos sous-sols ?

— Ah mais les sous-sols ils n'existent plus, on a construit des parkings.

— Il n'y a rien qui reste du bâtiment d'origine ?

— Y a que des parkings en sous-sol.

— D'accord, merci.

Elle rebrousse chemin, trouve les ascenseurs, appuie sur la flèche qui descend, attend. La cabine est très large, de celle qui peut accueillir plusieurs gros chariots et des meubles de jardin. Elle y entre seule, appuie sur « - 3 ».

Le parking est lisse, propre, éclairé aux néons. Peu de voitures, pas un bruit. Constance fait quelques pas sur le béton poli qui crisse sous ses semelles. Aux aguets. Attend de percevoir quelque chose qui dirait ce qui avant était là. La mémoire des lieux. Le Gaumont-Palace était le plus grand cinéma du monde. Il pouvait contenir trois mille cinq cents personnes. Trois mille cinq cents têtes tournées vers le même écran ; dans la pénombre trois mille cinq cents visages éclairés par les mêmes images. Pas un bruit, au niveau - 3 du parking Castorama.

Elle hésite à faire le tour, longer les murs blancs sales sous le plafond bas où passent fils et tuyaux. Non vraiment, aucune trace. Cette sensation, au fond du ventre. Cette impression que les choses sont là, en sommeil, juste là, à portée. À nouveau dans l'ascenseur, elle se rend au - 1. Le même parking, un peu plus de véhicules. Elle ne fait que deux pas, parcourt des yeux le désert de voitures, avise un recoin, tombe sur une porte marquée « Privé », n'essaie pas de l'ouvrir.

À l'origine, le bâtiment était un hippodrome. Soixante ans plus tard, *Ben-Hur* est projeté sur l'écran monumental, c'est la première française. Ce film est un de ses rares souvenirs d'enfance. Elle se rappelle de scènes : Charlton Heston en galérien, la grotte des lépreux, le héros qui à la fin va voir son ennemi étendu sur un brancard, les jambes disloquées. Les poissons d'or qu'on baisse à chaque tour de course. Pour elle ce film dure des heures, n'a pas vraiment de fin, contient plusieurs films. Une sensation de flou aussi : est-ce que les images à l'écran représentent un passé qui a un jour existé ? C'est l'apparition de Jésus et les références religieuses qui l'embrouillent. À force de servir de décor à la Bible, l'époque romaine n'est plus un passé probable ou réaliste mais la toile de fond de métaphores, d'abstractions. La course de chars se confond avec la course dans le désert des vaisseaux de *Star Wars*. « Il y a bien longtemps », disent *Star Wars* comme *Ben-Hur*.

Pour elle le passé est une masse trouble et indistincte, les périodes se chevauchent, se mélangent, elle est une coquille de noix au milieu d'un océan noir dont elle ne comprend pas les courants. Depuis qu'elle a rencontré Alice Guy, qu'elle a plongé dans l'histoire du cinéma, elle s'est forgé un repère. Chaque chose du passé, elle la situe par rapport à l'apparition du cinéma. Avant ou après le cinéma, voilà son unité de mesure quand elle regarde en arrière.

Elle se rappelle *Ben-Hur*, mais pas ce qui l'entourait. Ses souvenirs sont un plan fixe, pas moyen d'élargir le champ pour savoir depuis quel canapé elle regardait, à quoi ressemblait le salon de son enfance, si elle était assise à côté de son père ou de sa mère. Elle aimerait tourner la tête, voir ses parents, se souvenir d'eux à cette période-là, se détourner de l'écran, un jour tu auras trente ans, le film tu peux le revoir, les images sont sur pellicule, toi tu dois enregistrer, garder ce qui ne sera conservé par personne d'autre. Elle aimerait tourner la tête, mais son souvenir n'est que l'écran.

De *Star Wars* en revanche, elle a la présence de sa mère. Une image fixe toujours, mais la voix de sa mère. Elle lui avait demandé de fermer les yeux. Elle avait mis une cassette et Constance devait deviner le film. Dès les premières notes de batterie et de trompettes de la 20th Century Fox, elle avait crié « *Star Wars* ». À l'époque elle pensait que cette musique n'était que pour *La Guerre des étoiles*. Elle se souvient de sa mère qui lui dit « Oui c'est ça ! ». Ou qui lui dit « Bravo tu as deviné ! ». Ou « Oui tu as deviné ! ». Que disait sa mère déjà ? La batterie, les trompettes, le générique de la 20th Century Fox. Elle cherche la voix de sa mère à travers un son qui a rythmé sa vie de cinéphile. Ce son plus familier que la voix de sa mère quand elle avait six, sept, huit ans. Batterie, trompettes. « Oui tu as trouvé ! » « Oui tu as deviné ! » Est-ce qu'elle s'en souvient vraiment ? Est-ce qu'elle s'en est souvenue ? Chaque fois qu'on rejoue une scène, ce n'est pas l'événement qu'on se rappelle, mais le souvenir de cet événement. Plus on se rappelle, plus le moment s'éloigne ; le passé s'efface sous ses différentes versions. On bricole ses souvenirs, on remplit les blancs avec d'autres histoires, on en invente. La mémoire elle-même réécrit, c'est un montage subi.

Elle retrouve la rue, suit le bâtiment sur la longueur, salue un homme assis par terre qui lui demande de la monnaie, puis trouve l'entrée du Mercure et la réception, toute tapissée de moquette.

— Bonjour, excusez-moi, je fais des recherches sur les cinémas Gaumont. C'était un cinéma ici.

— Oh mais ça fait des années et des années ! Je devais être petit comme ça quand ils l'ont détruit !

Difficile de lui donner un âge. Au revers de son blazer, un pin's « I love Guyane ». Le Gaumont-Palace a été démoli en 1973. Le déménagement ressemblait à une fuite. Il y avait de la panique sûrement, et beaucoup de détresse à devoir vider les lieux, laisser un bâtiment qui bientôt serait abattu. Tout ce qu'il contenait : projecteurs, bobines, affiches, a été abandonné sur le trottoir ou jeté aux ordures. Henri Langlois s'est précipité pour sauver ce qui pouvait l'être, arracher les pellicules des bennes avant le passage des éboueurs.

— Oui, ça fait longtemps, mais quand on démolit un bâtiment on ne touche pas aux sous-sols, alors je me demandais si je pouvais les voir.

— Oh nos sous-sols ont été rénovés plusieurs fois, au moins trois ou quatre fois depuis l'ouverture de l'hôtel.

— Alors il ne reste plus rien ?

— J'imagine que les murs porteurs sont encore là, je ne crois pas qu'on abat les murs porteurs.

Constance ne sait pas reconnaître un mur porteur, mais elle aime l'image.

— Quand j'ai commencé à travailler ici, il y a dix-sept ans, et qu'on m'a dit que c'était un ancien cinéma, je suis descendu. Je me suis dit, il y a peut-être des trésors là-dessous ! Mais non rien.

— Rien du tout ?

— Rien, désolé.

Dehors, elle revient sur ses pas, longe un mur qui n'est pas ruine, pas témoin, qui ne garde la trace de rien. Juste avant l'homme assis qui lui demandera à nouveau de la monnaie, un visage sort de la façade. De la taille d'une main, bleu-vert, il plisse les yeux, le front et les lèvres, ses traits ramenés au milieu de sa face, le menton en avant. Une expression entre la douleur et l'intense réflexion. On ne voit pas ses oreilles, juste le relief de la figure qui sort du mur. Elle la prend en photo.

Arrêt Bonne-Nouvelle, Constance remonte le boulevard Poissonnière, longe des magasins de jouets, de chaussures, de cigarettes électroniques, une boutique dédiée à Michael Jackson, très sombre, la vitrine saturée de photos dans des cadres dorés. Elle cherche le Gaumont-Théâtre. Plus ancien que le Gaumont-Palace, il a également fermé mais n'a pas été rasé : on a gardé les murs. Elle entre dans un Starbucks.

— Bonjour, excusez-moi, on est bien au numéro 7 ?

— Oui.

— Je fais des recherches sur les cinémas Gaumont. C'était un cinéma avant ici.

— Ah bon ?

— Il y a longtemps. Je me demandais si par hasard les sous-sols avaient été conservés ?

— On a rénové les sous-sols il y a deux ou trois ans, on en a fait des vestiaires. Je peux vous montrer.

Constance suit l'homme derrière une porte verrouillée. Un escalier en colimaçon.

— Il y a ça qui est condamné.

Une porte sur le côté, comme celle d'un sous-marin, haute de deux mètres au moins, avec une barre en fer qui verrouille toute sa longueur. Un petit écriteau jaune indique « Chaufferie ». Au bas de l'escalier, différentes salles de stockage et de pause, forte odeur de transpiration, les murs recouverts d'une peinture blanche collante, dont on aurait appliqué trop de couches.

— La seule chose qui reste c'est ce lavabo-là.

Il écarte un portemanteau où sont suspendues quelques vestes. Du mur dépasse un rectangle gros comme une boîte à chaussures, de la même peinture que tout le reste, comme un cataplasme, la « peinture rénovation », on dirait qu'un pot a explosé là-dedans pour tout recouvrir. Sur la moitié de la boîte un couvercle, avec un robinet qui pointe vers le sol, lui aussi emplâtré de blanc. Ce « lavabo » est fixé près du plafond, à hauteur du visage de Constance. Elle essaie de comprendre comment on s'en servait, cent ans auparavant, n'y arrive pas, le prend en photo. Il lui fait penser à un ready-made oublié là, un objet utilitaire rendu inutilisable par une couche de peinture et fixé au hasard.

En réalité, ce lavabo arrivait à la taille des employés de l'époque. Le sol était beaucoup plus haut, un mètre de terre en plus, les proportions complètement différentes, vertige.

— Alors c'était un cinéma ?

— Oui, un cinéma Gaumont.

— C'est pour ça… Je me suis toujours demandé pourquoi on avait du triphasé ici.

Il montre deux tableaux électriques au sommet des escaliers.

— C'est pour une très grosse puissance, j'avais jamais vu ça avant pour un café.

Retour en surface, au milieu des fauteuils et des mugs.

— C'est marrant, avant je bossais au Starbucks de la place de Clichy, il y avait aussi un cinéma là-bas non ?

Elle termine par le magasin d'à côté, c'est là qu'on retrouve le plus le Gaumont-Théâtre. Encadrant le bâtiment, deux bas-reliefs gravent le G entouré de la corolle de marguerite. Sa large vitrine en arc de cercle est toujours là. Auparavant ouvragée, elle est maintenant couverte d'affiches représentant des sandwichs. C'était un Foot Locker, un McDo. C'est maintenant un Marks & Spencer Food avant d'être autre chose.

— Bonjour, excusez-moi, je fais des recherches sur les cinémas Gaumont, et avant ici c'était un cinéma.

— Ah ?

— Voilà et je me demandais si je pouvais voir vos sous-sols, s'il reste des traces de l'époque.

— Ah non je peux pas vous montrer les sous-sols, désolé.

— Vous, est-ce que vous avez vu des choses qui appartenaient au cinéma ?

— Je peux vraiment pas vous emmener aux sous-sols, c'est des sous-sols qui relient tous les bâtiments du quartier alors...

Avant de reprendre le métro, Constance se retourne sur la façade. À l'époque il y avait un large auvent, le titre des films en lettres lumineuses, des femmes en robe longue et des hommes à chapeau. À l'intérieur de la salle, un piano pour accompagner les cascades et des actualités avant le film. Sur l'écran, on lisait des cartons.

À la jonction des deux bâtiments, là où le Gaumont se

termine et l'autre immeuble commence, dans le mélange de peinture beige clair et blanc cassé, un visage sort du mur. Un peu plus petit que l'autre, de la même couleur que la façade, d'un trait blanc on lui a peint une moustache en guidon. Il a les yeux fermés et un sourire malicieux.

La frise de têtes de cerfs dans la grotte de Lascaux.

Les bisons de la caverne d'Altamira, il y a plus de treize mille ans.

Les pêcheurs sur les murs du mastaba d'Akhti-Hotep, deux mille ans avant notre ère.

Les lutteurs du tombeau de Baqet III.

La danse macabre de l'abbaye de La Chaise-Dieu du xve siècle.

Les vingt-quatre clichés d'un cheval au galop.

Une silhouette blanche sur fond noir.

L'écriture du mouvement.

XIX

Il lui a dit de venir en train. Dans le vieux TER, Constance hésite longtemps parmi les sièges râpés, tachés, chargés de tous ces autres. Elle fait bien attention, avec ses cheveux, avec son épaule, à ne pas toucher le rideau rêche qui se replie mal, doit avoir un demi-siècle. Des peluches et filaments crasseux oscillent dans la grille d'aération près de son bras, elle se serre contre elle-même, se protège comme elle peut, concentrée sur la fenêtre qui donne au dehors une teinte de vieille photo.

Le train traverse le décor. De petits villages, pas le temps d'en saisir le nom. Des groupes de transformateurs électriques, entourés par de hautes clôtures. Des lieux abandonnés, usines, fabriques, ateliers. Des champs plats, couleur terre, et par endroits des groupes d'arbres nus, dans leurs branches grises des enchevêtrements, Constance pense à des nids mais ce sont des boules de gui, un parasite. Les arrêts sont fréquents, presque personne sur les quais, parfois les wagons sont étrangement penchés. Des bâtiments vides encore, hangars, garages, magasins. Des maisons très proches des voies, volets fermés. Emmenée par le paysage qui défile, lisse, abandonné, parfois elle prend le train pour rien, un aller-retour, juste pour voir.

Il y a un film de 1899, des vagues qui frappent un rocher. Une poignée de secondes, en noir et blanc, c'est comme si Constance n'avait jamais vu de vagues auparavant. Les débuts du cinéma, fasciné, tout était à saisir. Maintenant Histoire, auparavant archive déjà, témoin, miracle. Ces vieilles bandes qu'elle retrouve sur YouTube, elle les regarde sans le son, dans un silence recueilli, transi. Les images respirent. Le grain, les impuretés, quelques déchirures, la bande saute, on enregistrait les films à la manivelle, au rythme du bras, d'une épaule, au rythme d'une main.

Des vagues qui frappent un rocher. Ces images dépouillent le réel, elles sont vivantes, ont l'air de battre, c'est comme voir pour la première fois.

Constance derrière la fenêtre du train. Au loin une silhouette sur un chemin entre deux champs, elle a l'air immense, se détache sur le ciel gris, un homme ou une femme qui marche, elle ne distingue pas ses détails, juste une forme humaine, comme au théâtre d'ombres, seule au monde, un sursaut la plaque contre le dossier, un train a croisé le sien, le bruit aigu de la vitesse, comme une claque, à peine le temps de réaliser qu'il n'y a eu ni impact ni danger, dehors à nouveau des champs et l'horizon, elle reprend son souffle.

La voix annonce son arrêt, elle est la seule à se lever. Le train tangue et ralentit, par la porte les voies défilent, se transforment en quai, et l'usine passe, grand bloc mystérieux, c'est là-bas qu'elle a rendez-vous.

La gare est petite, rideau de fer baissé, quelques jeunes sous un arrêt de bus. Elle revient sur les pas du train, à la rencontre de la masse qu'elle a entraperçue, l'usine peu à peu se précise. Deux bâtiments accolés, imposants, en briques rouges. Des fenêtres dans la partie supérieure seulement, hautes et larges, il pourrait y avoir trois étages, quatre étages, elle ne comprend pas l'espace depuis l'extérieur, opacité des dimensions industrielles. Dans l'asphalte de la route, elle rencontre deux rails qui vont vers l'usine, un guide comme un autre. Elle les suit jusqu'à la façade latérale, on a condamné l'ouverture par des briques plus claires, les deux traits parallèles disparaissent de l'autre côté, elle reste à l'extérieur. Dans le mur elle peut encore voir l'entrée du hangar en forme d'arc de cercle par laquelle passaient les trains, des trains qui transportaient quoi, emportaient quoi ? Constance ne sait pas ce qui peut sortir d'une usine comme celle-ci, ce qu'on y fabriquait, elle se sent bête à longer ce bâtiment qui se refuse à elle, ne lui offre même pas de porte. Au bout, une tour rectangulaire, un escalier de secours serpente jusqu'en haut. De l'autre côté, une cour pavée, et une porte, enfin. Il n'y a ni poignée ni sonnette, c'est une porte coulissante, assez grande pour laisser passer un camion. Elle ne sait pas quoi faire, frapper, pousser, à l'intérieur pas un bruit. Elle traverse la cour pavée, s'éloigne de l'usine, le soleil la réchauffe un peu. Si elle voit le bâtiment dans son ensemble, peut-être une réponse. Il n'y a ni boîte aux lettres ni panneau qui lui confirmeraient qu'elle est au bon endroit, qui lui diraient ce qu'il y a à l'intérieur. Les pavés s'arrêtent, une route goudronnée qu'elle traverse et puis un terrain herbeux entre deux maisons grises. Du pied elle caresse la verdure, apprécie la frontière entre un espace et un autre.

La porte glisse sur son rail, bruit de ferraille, dans l'entrebâillement un homme. Constance quitte l'herbe, traverse la route, la cour, à nouveau dans l'ombre de l'usine, est à quelques mètres, hésite. L'homme ne dit rien, reste là dans l'espace ouvert, semble regarder dans sa direction, elle va dire quelque chose quand il recule, disparaît à l'intérieur, la porte laissée ouverte.

Elle vérifie les messages qu'ils se sont échangés, c'est bien aujourd'hui qu'ils ont rendez-vous, et c'est la seule usine proche de la gare. L'entrée est comme une bouche sombre, un trou aveugle ; elle passe la porte.

— C'est vous ?

Ses yeux se font à l'obscurité de la pièce sans fenêtre. Charles se tient contre le mur, un peu plus petit qu'elle, cheveux et barbe ternes, un pull en laine distendu, à carreaux. Difficile de lui donner un âge, elle dirait quarante et d'autre fois presque soixante.

— Pour la collection, c'est ça ? Je ne vous dérange pas ?

Il se détourne, ses pas résonnent, puis le grincement d'une poignée, une brusque lumière, elle le suit, tâtonne jusqu'au seuil du vestibule, entre au cœur du bâtiment. Un hangar immense, le plafond très haut, hors de portée, traversé par des poutres. Une forêt de machines. Des projecteurs partout, des caméras sur leur trépied, une jungle d'appareils où Charles se faufile facilement. Constance, saisie par toutes ces formes peu familières, peine à le suivre. Chaque machine est orientée différemment, ils font irruption dans leur espace, les ont surprises, interrompues dans leur mouvement. Pas de direction comme dans les musées ou les magasins, ici c'est l'objet qui occupe l'espace, charge aux visiteurs, aux étrangers, de trouver leur chemin à travers le silence et la densité des instruments.

Il s'arrête, Constance enfin le rattrape, il lui jette de rapides coups d'œil sans la regarder franchement.

— Voilà.

Deux corps au centre de l'entrepôt, bien fragiles parmi les pièces de fonte immobiles. Elle tourne sur elle-même, cent, deux cents machines ? Propres et neuves, à les voir rassemblées on oublie qu'elles avaient une fonction, faites pour qu'on s'en serve, un outil et pas un être à part entière, Constance en leur royaume se sent minuscule, intruse mais protégée, la sécurité des tombeaux, une armée de terre cuite.

— Celui-ci c'est un projecteur 35, sonore, un super Simplex de 37, j'en ai un autre là-bas de 38. Là un projecteur 35 et plaques. Celui-là c'est du 16, solide, il tient bien. Ici encore du 35, cette fois c'est le Simplex X-L, de Bloomfield.

Elle ne comprend rien, qu'importe il y a tant de choses à voir. Les projecteurs ont un large pied comme le début d'un arbre, un ventre arrondi, un rond au-dessus, un rond en dessous, et l'œil au milieu. Bien que semblables, ils ne sont pas identiques, chacun se distingue de son voisin par une variation de taille, de couleur, de forme, comme les membres d'une grande dynastie.

— Ici on est sur du lecteur son Super Stabyl, bonne qualité.

Les objectifs regardent devant, fixes et sans pupilles, silencieux tous ensemble, en attente, prêts à être traversés par la lumière. Les caméras capturent les images dans leur ventre alors que les projecteurs les crachent au-dehors. Éteints ils sont comme des ogres, menaçants dans l'attente. Chaque projecteur est orienté dans une direction différente, où qu'elle soit elle est dans une ligne de mire.

Charles avance entre les machines, un peu voûté, ses bras se balancent, semblent détachés de son corps, il se coule dans la multitude de machines, a l'air de ne pas savoir jusqu'au dernier moment s'il va tourner à gauche ou à droite, se fond dans la foule. Elle le suit en prenant garde de ne rien toucher, ne rien abîmer, vestiges solides pourtant, des tonnes de fonte qui ne craignent pas grand-chose. Les projecteurs font un peu moins de deux mètres, plus haut qu'elle, mais pas hors de portée, elle traverse ces formes étrangères mais au bord d'être vivantes.

Il s'arrête près d'un projecteur gris foncé. Face à son flanc, il défait très vite quelques clapets, bruits doux d'appareil fonctionnel, cliquetis d'instrument bien pensé, il s'écarte, laisse Constance voir. La machine ouverte, les deux bacs ronds et vides qui accueillent les bobines, et au milieu un labyrinthe de vis et de chevilles, c'est le couloir de projection, centre du processus. Elle s'approche, juste un peu, intimidée devant les entrailles, secret intime de l'ombre et de la lumière, attirée, avalée par les différents mécanismes, comme un flipper, devine le chemin de la pellicule sans en être sûre, ces pièces minutieuses et précises, le petit donne le vertige.

Un *clac !*, elle revient d'un coup, se rappelle son corps. Charles a ouvert le cœur du projecteur, le ventre arrondi qui pendant la projection brûle pour faire apparaître l'image. On l'appelle lanterne, souvenirs de magie et de cauchemar.

— J'l'ai trouvé dans une ferme abandonnée, dedans y avait des crottes, des petites crottes, ça devait être des renards.

Flash de fourrure feu à la place du brasier incandescent qui projette, Charles referme tout, automatismes précis qui rangent, verrouillent, elle aimerait toucher elle aussi, demander comment ça marche, n'ose pas, n'a pas le temps, il est déjà reparti. N'a-t-il pour ses objets que des gestes utiles ? Restaurer, faire fonctionner, éteindre, entretenir. Ou quelque chose d'intime entre lui et eux, un ami, une fascination, un désir, une possession. De son côté Constance est incapable de dire ce qui se joue entre elle et Alice Guy, elle et les images, les débuts du cinéma, ses objets, son histoire ; elle et les films perdus.

— Bon ben là, c'est les caméras.

Beaucoup moins imposantes que les projecteurs, ce sont des boîtiers montés sur trépieds, leurs parois vernies déclinent les teintes de bois, d'autres sont en cuir noir, le magasin de pellicule sur le dessus fait comme des oreilles. Les objectifs l'attirent, yeux sans pupilles qui enregistrent, engloutissent, emprisonnent.

Regardez à travers la lentille et vous ne distinguerez rien, cœur secret de la caméra, c'est elle qui voit, jamais ne cligne, elle qui vous voit. Il y a un film de 1901, un film d'une minute sept. C'est un homme face caméra, en costume canne et chapeau, qui semble contrarié. Il parle, il parle, le film est muet, il s'énerve, s'approche de la caméra, du spectateur, il est en gros plan, s'approche encore, son visage envahit l'écran, et puis plus que sa bouche qu'il ouvre en grand sur l'obscurité de sa gorge, un trou béant qui avale tout le champ, la caméra, l'opérateur.

— Ici le classique, une Lumière.

— Vous en auriez de Gaumont, vers les débuts ?

— Ah bien sûr que j'en ai, juste là.

Constance la reconnaît pour en avoir vu plusieurs photos. Elle est si petite, comme une boîte à chaussures. C'est un rectangle en bois d'où sort un objectif dans le coin supérieur gauche. À l'arrière une manivelle, et c'est tout. Ça paraît si simple, un nouvel art contenu là, dans ces dimensions qui tiennent facilement dans les paumes, irréel.

Alice Guy utilisait une caméra comme celle-ci. Peut-être même cette caméra-là, devant Constance, à portée de main. Qui sait, les chemins peuvent se croiser de si nombreuses fois. Ce n'était pas elle qui faisait la prise de vues, elle avait un opérateur, Anatole Thiberville, qui avant de s'essayer au cinéma élevait des poules quelque part en Bresse. Elle imaginait le scénario, les mises en scène, elle dirigeait les prises, c'était la réalisatrice, ça n'avait pas de nom à l'époque. Elle ne tournait pas la manivelle mais c'était sa vision qui était imprimée sur la pellicule.

Charles tend le bras, va ouvrir la caméra comme il a ouvert le projecteur.

— Non !

Il se retourne vers elle, bras en l'air.

— Pardon, c'est juste que… C'est très bien comme ça.

Sa main retombe, bruit sec contre le jean, deux humains parmi les machines.

— Il y a beaucoup de gens qui viennent ici, je veux dire, des visiteurs ?

— Non… non pas vraiment.

Elle ne sait pas s'il en est content ou non. S'il aimerait montrer, raconter, ouvrir ses portes à une foule qui viendrait concurrencer celle des instruments, ou s'il préfère être seul parmi ses objets. Soit elle est de trop soit elle n'est pas assez, elle a l'impression de le gêner, de le décevoir, elle se sent obligée de dissiper quelque chose.

— Et comment vous avez fait ? Je veux dire, pour avoir tout ça ?

— J'ai retrouvé un projecteur un jour, je l'ai remis en état… Et puis un autre.

— Vous avez commencé quand ?

— Déjà tout petit j'aimais… avoir des choses.

Elle aperçoit ses doigts qui derrière sa cuisse attrapent le trépied d'une caméra, comme on tient une main. Elle aimerait comprendre, qu'il lui dise, lui parle, comment on arrive à une collection si grande, savoir si c'est possible, si elle aussi pourrait, voudrait avoir la même, ne voudrait pas du tout, qu'il lui dise ce que ça fait, de vivre parmi ce peuple. Mais bien qu'on connaisse l'obsession, l'obsession ne se partage pas, il n'y a qu'elle et nous, le reste se délave, s'émousse. Elle pourrait être comme lui, comblé, envahi, muré, si loin, elle l'envie, il lui fait peur.

— Et vos films, je pourrais les voir ?

Il repart, petit pion mobile qui se fraie un chemin, elle essaie de suivre sa piste, se fait distancer chaque fois. Comment a-t-il aménagé cette pièce ? Est-ce qu'il a choisi avec soin la place de chacun, ou la disposition change au fur et à mesure des acquisitions, se resserre, se déploie, ordre et désordre, microcosme organique qui s'organise selon une logique qui échappe. Un projecteur fait sept cents kilos. Pour Constance ils bougent quand ils sont seuls, se déplacent où ça leur chante, c'est trop triste d'attendre immobile, une force contenue dans ces masses créatrices d'images, d'images en mouvement, un soleil dans une carcasse de fonte.

Les voilà dans une autre pièce, aussi grande que la précédente, remplie d'étagères. Des instruments et jouets optiques, des lanternes magiques brutes ou ouvragées. Il est plus facile de circuler dans les travées, Charles a accéléré, elle le suit mais essaie de tout voir, tout saisir, une lanterne comme un insecte, le projecteur allongé, presque une longue-vue, six pattes dorées, une corolle de dix images rondes, colorées, scènes de batailles. Praxinoscope, phénakistiscope, thaumatrope, Constance a lu sur eux, appris sur eux, ils sont là. Elle s'arrête sur un zootrope, ce n'est pas le premier qu'elle voit, elle en avait trouvé dans des magasins, c'étaient des imitations, ici un original, plus réel que les répliques, plus dense, honorable. Il a un pied comme une lampe, un cercle noir percé d'entailles régulières. Elle se baisse, met son œil à hauteur des ouvertures, une bande de papier où un squelette est dessiné, les bras en l'air. On ne peut pas encore animer la photo, mais on fait bouger les dessins, en boucle répétitive, la vitesse donne le mouvement. Elle approche sa main, va toucher du bout des doigts, voir ce que plus de cent ans auparavant ont vu les premiers spectateurs. Une ombre sur le côté, Charles l'a rejointe, sentinelle.

— Désolée, je voulais juste…

— Les films sont par là.

Elle sait la trace que laisse le toucher des autres, la souillure qui reste. Comment est-il avec sa collection ? Est-ce qu'il manipule ces objets comme on prend une cuillère ou des clés de voiture ? Est-ce que, dans l'immensité de son hangar, il les nettoie, les entretient avec des rituels de temple ? Seul avec ces choses, dans un silence inconnu pour une usine. Posséder du patrimoine, l'avoir chez soi, sans vitrine ni cordon. Le réflexe de les protéger, d'y faire attention. L'envie aussi, coupable, de les dégrader, agir sur l'Histoire, le passé, posséder quelque chose c'est pouvoir le détruire. Une page de carnet appuyée contre des livres.

Sur le mur du fond, quatre portes coulissantes blanches. Charles s'arrête face à la première, bascule la poignée, fait rouler le lourd pan sur son rail. Une vague de froid, un silence de congélateur, souvenir du CNC. Il presse un interrupteur, des néons s'allument, découvrant une grande pièce carrée garnie de rayonnages parallèles. Les pellicules sont posées à plat, les unes sur les autres, des piles qui prennent toute la hauteur des étagères, Constance a des images de réserves de musées, de provisions de nourriture dans un abri souterrain. Sur chaque boîte ronde, un titre écrit au feutre sur du gros Scotch de travaux, des noms sur des noms sur des noms, elle n'en reconnaît aucun, à chacun croit trouver celui qu'elle cherche, se hisse sur la pointe des pieds, s'agenouille, avance un peu trop vite, essaie de passer sur chaque boîte, les mots au feutre noir se mélangent, vertige des choses rangées, sages, ordonnées, assemblée stoïque et intraitable, nausée du trop, du presque là, impression de jouer à cache-cache, qu'il suffirait de murmurer son nom, *Bataille de boules de neige*, pour qu'un frémissement dans un rayonnage, un rire d'enfant qui se cache, et elle le trouverait là.

Il lui faudrait une journée pour dénombrer les pellicules. Elle reprend son souffle, bruit de conducteur frigorifique, inhumain, artificiel, elle se sent intruse parmi les boîtes métalliques impeccablement alignées, étiquetées. Charles est resté sur le seuil, elle est seule au milieu de la chambre froide. S'il fermait la porte. Qu'il rabattait le verrou. Qu'il éteignait la lumière. Ça leur passe par la tête à tous les deux. Elle le rejoint en quelques secondes, respire mieux du côté des vivants.

— Vous voulez voir les autres frigos ?

— Ça va, non, merci.

Il ferme la porte, rabat le verrou, éteint la lumière.

— Je suis venu là pour les frigos. Avant ils découpaient et emballaient de la nourriture. Des légumes ou de la viande je sais plus.

— Vous auriez une liste de vos films ?

Il se recule d'un pas. C'est comme si elle voulait lui prendre sa collection, tout lui enlever.

— Je cherche une pellicule, *Bataille de boules de neige*, fait par Alice Guy.

Intrusive sans le faire exprès.

— J'aimerais juste savoir si vous avez ce film-là. Il est très important pour moi, vous comprenez, j'en ai besoin.

— Je peux regarder. Je regarderai et je vous dirai.

— Merci.

Il reste la tour. Elle ne le lui demande pas, il a envie qu'elle s'en aille, elle le sent. Il ne lui aurait pas montré, de toute façon. « C'est inaccessible, je fais des travaux. » Au sommet, sous le toit à quatre pans, la collection de la collection. Rien de honteux, pas un cabinet de curiosités mais des pièces jamais montrées, jamais prêtées, même pas les plus rares, juste des objets qui ne sont pas usés par le regard des autres, des choses rien que pour lui.

Constance se demande s'il vit dans l'usine, un appartement dans une annexe, ou un lit de camp dans un coin, une telle collection immobilise, contraint, sa vie ne peut être qu'autour.

— Vous avez vraiment une collection incroyable.

Sa bouche se plisse, pas un sourire, une moue qui dit « oui je sais » ou « j'espère bien ».

Parfois Charles se demande. S'il s'était arrêté à un ou deux appareils. S'il n'avait pas mis tout son temps, tout son argent dans ces objets. Des envies d'abandon, claquer la porte, les laisser se débrouiller, des flashs d'autres vies possibles. S'il avait mené une passion raisonnable. Il n'a plus le choix maintenant, sa collection est la plus grande de France, elle a son propre mouvement, lui ne fait que suivre. Qui possède qui. Quelque chose d'aussi grand ne peut que s'agrandir, ou ça s'effondre. D'autres collectionneurs meurent, les veuves viennent vers lui, lui donnent tout. Sa collection appelle toutes les autres, une terre d'accueil, un trou noir. Des milliers d'appareils, des tonnes de films, il mourra parmi eux, épuisé de les servir. Il pourrait transmettre le fardeau, mais personne n'en veut. Les institutions, son département, sa région, ils lui donnent à peine de quoi payer l'électricité. Il est seul, de toute façon il ne veut la donner à personne, c'est sa collection, l'œuvre de sa vie, que quelqu'un essaie seulement de la lui prendre !

Son téléphone vibre, un contact dont il attend l'appel depuis longtemps, pour une pièce qui lui manque.

— Vous saurez retrouver la sortie ?

— Pour mon film alors, vous pourrez chercher ?

— Oui oui, je regarderai.

Portable à l'oreille, il lui tourne le dos, s'en va, plus que Constance et les reliques, ces choses qui sont presque le cinéma. Elle aimerait rester encore, seule, aimerait dormir au milieu du hangar, allongée parmi les plaques de verre, objectifs et lanternes magiques, surprendre le réagencement des projecteurs, abrités par la discrétion de la nuit. Mais il faut y aller.

Elle rebrousse chemin lentement, chaque pas l'arrache à des objets qu'elle aimerait découvrir. Vers le milieu du hangar, elle en croise un qu'elle reconnaît tout de suite : un kinétoscope.

Lorsque Edison a mis au point sa caméra, il a d'abord parié sur la projection individuelle. Dans de grandes salles, il a aligné des kinétoscopes sur lesquels se penchaient les spectateurs, les uns à côté des autres, un film différent pour chacun. À l'intérieur de la machine, les images se déroulaient en boucle.

Derrière elle, personne ; Charles doit toujours être au téléphone, elle a encore du temps. Elle s'approche de la caisse en bois qui lui arrive à la taille, au-dessus une plaque en laiton, comme neuve, elle n'a aucun mal à lire *Edison's Very Latest*. On l'utilisait entre 1891 et 1895, Constance a la précaution et l'appréhension qu'on doit aux grands ancêtres. Elle ose une main sur le dessus en bois clair, lisse, le froid des bancs d'église, puis la deuxième, c'est doux sous sa paume, elle l'a devant elle, sous ses doigts, elle s'y risque, le bassin contre la machine, embrasser l'Histoire, la matière du temps. Il y a un goulot noir sur le dessus, comme une bouche, c'est par là qu'il faut regarder, c'est ici qu'on voit. Elle se penche, plaquée contre le corps de bois, laisse son front reposer contre le support, il engloutit ses yeux, la reçoit, occulte tout le reste, elle ne voit qu'à travers la petite fenêtre, c'est une image en noir et blanc, la première d'un film de quelques minutes. Pour le mettre en mouvement il faudrait actionner la manivelle sur le côté, elle reste immobile, courbée sur la machine elle ne voit qu'une image, aveugle à tout le reste, l'étreinte est un langage, perdu dans le corps de l'autre, tu me manques, merci, c'est comme un lieu que j'avais oublié, j'y appartiens, je m'y repose, je m'y retrouve.

Une porte qui claque, elle se redresse d'un coup, coupable, mais personne. Elle reprend son souffle, brûlante, sent encore la pression de la lunette autour de ses yeux. Elle se sauve, les étagères se succèdent, toutes ces choses, ce musée sans visiteurs, ces signes du passé. Juste avant de pénétrer dans la salle des projecteurs, elle passe à côté du zootrope devant lequel elle s'était agenouillée tout à l'heure. Du bout des doigts elle fait tourner le cylindre, encore, encore, il prend de la vitesse, et sans regarder par les fentes la figure qui s'anime elle poursuit sa fuite, traverse les caméras, les projecteurs, retrouve la cour, la gare, le monde, pendant que, près d'une voie ferrée de campagne, dans un hangar, au milieu d'objets silencieux, un zootrope continue de tourner et un squelette de danser.

XX

Sur le site d'un antiquaire, Constance a trouvé une plaque de verre originale d'Étienne-Jules Marey, pionnier de la chronophotographie. C'est un goéland en vol, de face, il est blanc, les ailes en V, et derrière lui un autre, plus sombre, les ailes un peu plus droites. On dirait son ombre, mais c'est deux fois l'oiseau, à deux positions différentes, moins d'une seconde les sépare.

Sur la même image, le présent et le passé de l'oiseau. Une fissure. Il y a quelque chose de l'anéantissement et de la victoire absolue, une éternité. Elle pourrait regarder cette image et arrêter de vivre.

Elle la veut.

Huit centimètres et demi sur dix, quatre mille euros.

Une plaque de verre de 1886.

Avoir un bout de 1886, un morceau d'Histoire. Quel pouvoir.

Elle s'arrête juste avant de faire une offre. Sur une étagère de sa bibliothèque, la page du carnet, l'écriture d'Alice Guy, cette feuille A5 qu'elle n'a plus touchée, presque pas regardée depuis qu'elle l'a arrachée à la Cinémathèque.

Elle renonce, ferme l'ordinateur. Demain elle retrouve Georges et le garage.

XXI

L'aube s'étire sur la chaussée humide. Les vitres de la voiture recouvertes de buée, Constance peine à se réchauffer. Elle prend à gauche dans l'allée en terre battue qui mène au parc de stockage, tangue au rythme des trous. Le box est ouvert, une lumière puissante l'éclaire. Georges passe la tête dehors, lui fait un signe de la main, un sourire, puis replonge dans le garage.

Sa portière claque dans le silence du matin.

— J'ai pris ça, on y verra plus clair.

Un projecteur de chantier est posé à l'entrée, baigne l'intérieur d'une lumière crue. Georges s'affaire vite, a l'air d'être là depuis un moment, projette son ombre portée sur le mélange de ferraille et de bois.

— C'est fou hein, tout ce qu'on trouve !

Sur une pile, il saisit un tas de tissu, le déploie et le plaque contre son corps. C'est un jupon blanc à plusieurs volants et un corset, tissé de fils d'or, le costume d'une acrobate. Il le tend à bout de bras, le tient par les bretelles et le fait danser pour gonfler le tissu.

— Quand même, ça devait être quelque chose…

Il lisse l'étoffe, la replie avec soin.

— J'ai fait plusieurs piles, pour organiser un peu.

Georges est impatient d'arriver au fond. Il lui faut tout étaler, découvrir, en venir à bout. Une fois tout devant lui, une fois le garage dépouillé, son passé lisible, des parts de soi qui s'accordent, trouvent leur place, le complètent, les racines à nouveau vertes, plus Grenier qu'auparavant.

Elle s'approche, se faufile entre les différents tas.

— Je pensais trouver le reste du Théâtre, mais ça n'a rien à voir.

Il soulève avec peine un énorme sac plastique rempli de Mickey identiques, souris assise, bras tendus, short rouge et chaussons jaunes.

— Et toujours pas de films…

— Peut-être plus loin.

Constance face à ce qui doit être débarrassé encore, désordre emmêlé, possible découverte. Elle attrape la main gantée d'un Mickey à travers le sac transparent.

— C'est bien plus récent. Celui qui a rangé tout ça ne nous simplifie pas la tâche…

Qui a rempli ce garage. Le grand-père de Georges, après avoir abandonné les routes ? Peut-être son père, une fois sa mère décédée, vider leur maison, ne pas oser jeter, pas encore. Ou le caveau s'est rempli petit à petit, par dépôts réguliers comme la poussière s'accumule. Le ressac fait le tri, abandonne les attractions trop vieilles, trop compliquées, passées de mode. Le phonographe, révolutionnaire en 1890, obsolète vingt ans plus tard. Les caves des musées débordent de ces objets déchus, si peu de musées pour tant de restes.

Tous ces métiers démontés, ces affiches, ces tenues éclatantes, gardés là au cas où, en attendant, juste le temps que, pour plus tard, pour plus rien. Les objets forains, nomades, brûlants, plus vivants que les autres, on les monte, les démonte, les emporte, dans des roulottes, des wagons, des camions, ballottés, se heurtent les uns aux autres, réparés, repeints, hybridés, améliorés. Si immobiles maintenant.

Et Georges fouille, penché en avant, la poitrine contre l'amas, les genoux pliés pour plus de stabilité, plus de force, ses mains s'emparent de formes indistinctes, les ramènent à la lumière, il s'accroche, magma compact, solide, il avance comme on lutte contre des vagues puissantes. Un héritage ne se donne pas. Il se gagne et il se porte.

À côté de lui Constance récupère les pièces moins lourdes, essaie de distinguer dans l'enchevêtrement ce qui pourrait ressembler à un projecteur, des bobines. Elle poursuit les traces d'Alice Guy, qui n'est pas sa parente, cherche à reconstituer un héritage qui ne lui appartient pas. De quel droit ?

Après une carrière aux États-Unis, Alice Guy revient en France. Elle essaie de retravailler dans le cinéma, mais après la guerre les budgets sont maigres et on ne s'intéresse pas aux pionniers. Alors elle veut retrouver ses films. Elle cherche pendant des années : entre Paris et New York, des lettres aux cinémathèques, à ceux qui ont travaillé avec elle, « Vous vous souvenez de ce film ? Celui d'une femme dans un jardin, qui sort des bébés derrière des choux, vous savez où je pourrais le trouver ? » Alice Guy arrive après les incendies, les erreurs d'étiquetage et les purges. La cellulose se recycle, on récupère les sels d'argent pour faire d'autres films, encore d'autres films, chercher les siens alors que de son temps on n'a retenu que Méliès et Lumière, que les bobines sont abandonnées dans des garages, des caves et des greniers, enfouies dans la glace pour faire de la place. Elle n'a que son nom face à l'absence de générique, elle n'a que ses souvenirs face à l'absence d'Histoire.

En Constance, une fureur. Contre l'Histoire, partiale et unique, contre ceux qui l'écrivent, contre le temps qui passe et qui ne laisse rien, rien de ce qu'il faut, contre l'absurdité, l'absence de sens, la succession indifférente des années.

Alice Guy rassemblait des catalogues, des lettres, des articles. Elle les découpait et les collait dans un cahier A4. Maigres traces. Au stylo, elle annotait, corrigeait ; écriture manuscrite contre caractères d'imprimerie, faible rempart. Quelques précisions, de longs développements parfois, ses mots tracés en bleu envahissent les marges, recouvrent les pages de garde. Elle détaille, rectifie, mais elle ne fait pas le poids. L'Histoire ne se laisse pas réécrire facilement. Il faut plus que quelques feuilles collées dans un cahier, que quelques notes d'une écriture liée. Elle avait beau rencontrer des historiens, leur parler de sa carrière, leur transmettre la liste de ses films, elle avait beau écrire aux journaux, leur expliquer qu'ils s'étaient trompés, et les journalistes de publier un erratum, le combat était perdu d'avance. L'Histoire est un sillon qu'on creuse plus profondément mais qui ne change pas de direction. Trait unique, droit, solide.

Il était trop tard. C'est sur le moment qu'elle aurait dû rassembler des preuves, alors qu'elle réalisait des films. Un contrat de travail, des scénarios, une correspondance de studio. N'importe quoi avec une date, pour consigner le présent. Mais quelles traces laissent les événements au moment où ils se produisent ? Qui se dit, alors qu'il fait, qu'il devra trente ans plus tard prouver qu'il a fait ? Alice Guy ne pensait pas devoir lutter pour sa postérité, sa reconnaissance. À quatre-vingts ans, en dernier recours, elle écrit ses Mémoires. Huit ans après sa mort, ses mots sont enfin mis sous presse, sa version de l'Histoire, plus d'écriture manuscrite mais des caractères d'imprimerie, pour un combat plus juste, à armes égales.

Constance poursuit un héritage d'adoption. De quel droit ? Celui de la colère, celui de la violence. L'écriture de l'Histoire est brutale, inégale, abusive ; elle se construit en passant sous silence, bien plus forte qu'un homme, qu'une femme. Violence contre violence, fiction contre fiction, il est temps de se battre sur le même terrain. Retrouver les traces perdues, ignorées. Reconstruire, arracher ce que le désordre n'a pas encore englouti. Inventer. Alice Guy montera au mont Blanc. Créer, avec les images, un autre sillon, entailler le récit officiel, fissurer la ligne droite, ramener la vie, multiple, d'autres histoires, d'autres récits, elle était une fois, fiction contre fiction.

C'est la légende qui gagne. Dire une vie ne suffit pas, il faut la construire, la raconter, la répéter, insister, avec force, une légende ne s'écrit pas paisiblement, il faut lui faire une place, l'imposer et pour cela en détrôner d'autres. Les résistances sont fortes contre les nouveaux mythes, ceux-ci ne se tracent pas en paix.

Il ne lui manque que quelques images pour que son film prenne vie, pour qu'Alice Guy, réellement, fasse l'ascension. Ces pièces manquantes peut-être là, au fond du garage, attendant silencieusement dans leurs boîtes en fer.

Bruit de pneus, un break s'arrête dans la cour en terre battue. Une famille en descend, les parents et trois enfants, les bras encombrés d'objets. Constance et Georges les saluent d'un signe de tête, la mère ouvre le box en face du leur, vide encore. Eux font l'inverse, ils déchargent, remplissent, investissent l'espace creux du garage. Ils déménagent peut-être pour une maison plus petite, partent à l'aventure sur un voilier ou rangent là un héritage. Ils sont organisés, la matière empaquetée dans des boîtes en plastique qui s'entassent proprement les unes sur les autres, libellées d'étiquettes où on peut lire « Habits Julie » et « Compta troisième trimestre ». Petite conquête sur le chaos, mais suffira-t-elle ?

De leur côté, Constance et Georges continuent l'exhumation. La main tendue dans une anfractuosité, Georges tâtonne, le bout des doigts touche une surface lisse. Il sort une massue de jonglage en bois sombre, le manche assez long s'épanouit en un contrepoids équilibré. Il y retourne, en déloge quatre autres qu'il dépose au-dehors. Il fait jour maintenant, quelques rayons percent à travers les nuages, rappellent les chercheurs à la surface.

Georges attrape le manche qui se loge dans sa paume, la largeur donne une prise agréable, les mains aiment serrer, tenir rassure. Le bois est doux, poli à force d'usage, lancé et rattrapé, par son arrière-grand-père peut-être, ou des grands-oncles, des grands-mères. Ses doigts où étaient d'autres doigts, sa main où étaient d'autres mains. L'objet possédé de mouvements anciens, de mouvements instinctifs, mémoire vive. Georges contemple son bras prolongé par la massue, leur poids s'accorde, tension agréable, reconnaissance. Georges ne sait pas jongler. Cet instrument est muet entre ses doigts, il aimerait mais ne sait pas.

Que peut-il pour ce jeu de massues, ces attractions immobiles, son arrière-arrière-grand-père ? Il faudrait en parler, s'en souvenir. Il faudrait sortir les manèges, les remonter, les restaurer ; leur bâtir un lieu, retrouver leur histoire, réapprendre. Quelle était la vie des forains en 1890, en 1910, en 1930. Fouiller en bibliothèque, éplucher Internet, se plonger dans les archives. Donner ses soirées, ses week-ends, son argent, faire sa part. Georges n'a pas la force. Les dévoués sont rares.

Lui hérite d'un garage et d'un passé forain. D'autres héritent de pavillons, de greniers, de vies d'usine, de secrets, de migrations, de valises pleines de photos, de boîtes à chaussures. Son patrimoine, pas plus important qu'un autre. Le devoir est le même, se souvenir, garder vivant, rien que ça. Une farandole de vies derrière soi et l'héritier, rempart bien faible pour tenir l'oubli à distance.

L'Histoire pèse lourd. On vide les greniers, on range les boîtes dans d'autres placards et on ne renouvelle pas la concession au cimetière. Si les choses pouvaient juste disparaître.

— Excusez-moi, je peux ?

C'est la mère, qui s'est éloignée de son garage, de ses restes. Elle montre la massue du doigt, Georges la lui tend.

— J'ai pris des cours, quand j'étais petite.

Elle en ramasse deux autres, fait valser les massues, un ballet régulier, les mains de haut en bas, rattrape et lance, rattrape et lance, les trois massues volent en cercle, ses enfants, son mari, Georges et Constance se rassemblent autour d'elle, tendus d'abord par la crainte de la chute, puis se laissant aller au rythme de la valse régulière, rattrape et lance, rattrape et lance, elle augmente l'amplitude, fait voler les massues de plus en plus haut, une des filles éclate de rire, le bruit mat quand sa paume récupère le manche, mouvements fluides, ils n'ont plus d'époque, une jongleuse et un public, comme il y a vingt ans, comme il y a cent ans, comme il y aura encore, elle passe ses mains derrière elle, jette et rattrape les massues derrière son dos, eux suspendus, quelques mouvements encore, les massues très haut, et les récupère l'une après l'autre. Ils l'applaudissent, les mains l'une contre l'autre comme tant de mains avant eux, la jongleuse s'incline, rougit, tend les instruments à Georges.

— Merci, ça faisait longtemps.

— Vous pouvez les garder.

— Oh c'est gentil mais c'était juste un essai comme ça…

— Ça fera plaisir aux petits, gardez-les.

— Merci c'est vraiment… Oui merci.

La famille repart vers son garage, la femme les massues entre les bras, elle a l'air encombrée, de dos, venue là pour se débarrasser de choses, repart avec de nouvelles. Elle les dépose sur le siège arrière, chacun retourne à sa tâche.

— J'ai jamais emmené mes enfants.

Constance relève la tête du tas d'affiches qu'elle était en train de mettre à plat.

— À une fête foraine je veux dire.

Un morceau de ferraille résiste, Georges force un peu, le dégage.

— C'est quand même fou non ?

D'un geste il montre le garage, ce qu'il reste à débarrasser, ce qui a déjà été vidé.

— Tout ça…

— Ça fait beaucoup.

— Sept wagons, j'arrive même pas à imaginer… Mon arrière-arrière-grand-père avait sept wagons et moi, j'ai jamais emmené mes enfants.

— Il n'y a plus autant de foires…

Avant c'était un rendez-vous, comme Pâques ou Noël, sur les places de marché, devant les mairies, la foire était au milieu des villes. Étrange et extraordinaire, attirante et inquiétante, mais familière surtout. On s'y laissait emporter, malmener, de manèges en attractions, tout semblait permis, la transgression sans danger, le défouloir et le vertige.

Pendant les dix premières années des images animées, les forains étaient les principaux acheteurs de Pathé, Gaumont, Méliès. Le cinéma balbutiait, peinait à dépasser le rang de curiosité, eux le préservaient, au cœur des baraques foraines entretenaient les braises du septième art à venir. Les images en mouvement, si vivantes sur leur scène, si libres parmi leurs attractions : on coupait les films, les remontait, on ajoutait des images à d'autres images, allongeait les films, on modifiait les fins. Les filles coloriaient la pellicule à la main, un photogramme à la fois, les images vives et éclatantes, les garçons derrière l'écran bruitaient la projection avec des instruments, des casseroles, une plaque de tôle qu'on agite et c'est le tonnerre qui gronde.

Sous les tentes le cinéma grandit, le cinéma s'enflamme. Plus que des séances, c'est le spectacle du cinéma qu'offrent les forains, là où l'on crie, on rit et on pleure, bruyamment et ensemble. La flamme s'affermit, embrase un public plus large, il est temps de maîtriser le brasier. Pathé, principal producteur de films, instaure le système de location : désormais un exploitant ne possédera plus une bobine, il la louera pour quatre mois seulement. Plus de remontage ou de coloriage maison, les films ont une forme fixe qu'il ne faut plus toucher. Les « salles en dur » se répandent dans les villes : là on s'assied en silence, les films et le public apprennent à se tenir sages.

Les forains résistent. Des réseaux de vente parallèle s'organisent, on continue à monter et à projeter dans les cris et l'exubérance. À chaque foire on trouve au moins un cinématographe, plus de deux cents banquistes montrent des vues animées. Mais en 1912, la réglementation se fait plus sévère pour les nomades ; on préfère les places de marché propres et tranquilles, les villes silencieuses et bien élevées. Des forains font faillite, les autres sont repoussés en périphérie, isolés, anecdotiques. Après la Première Guerre mondiale, le cinéma a presque entièrement disparu des baraques foraines. Le voilà dressé, intégré, il se joue bien tranquille devant un public assis, immobile, qui n'a plus que les yeux ouverts.

— Alors c'est tout ?

— Non, bien sûr que non.

Constance ramasse une ampoule, plus grosse que sa main, ronde et lisse. Elle la secoue près de son oreille, rien, le filament doit être intact. Elle l'essuie sur son pull, la lui tend.

— Je suis sûre qu'elle marche encore.

XXII

— Je suis rentré !

— Vous vous en sortez ? C'est bientôt fini ?

Georges s'assied sur l'escalier, sa femme une marche en dessous.

— Il y a tellement de choses.

— Comme quoi ?

Il hausse les épaules.

— Qu'est-ce que tu vas en faire ?

— Tu aurais aimé toi, être foraine ?

Elle rit.

— Ça existe encore ?

— Oui je crois. Forcément…

— Tu te vois, bouger tout le temps, travailler la nuit, vivre dans une caravane ?

— Non, je sais pas…

— Attends, imagine, imagine à quatre dans la taille de notre… de notre salon. Camille n'arrive même pas à ranger sa chambre…

Il sourit, soupire, secoue la tête.

— Moi à la pêche aux canards, toi au tir à la carabine ?

— On vendrait des barbes à papa, des pommes d'amour.

Il rit pour cacher ses sanglots, des deux mains elle embrasse son visage, appuie son front contre son front.

XXIII

C'est le dernier jour. Son corps est épuisé, ses mains couvertes de petites blessures. Les muscles de ses bras la font souffrir, son dos est raide à force de se pencher dans l'amas emmêlé. Ils y sont presque. Plus que quelques mètres et le garage sera entièrement vidé.

L'espoir de trouver des films à la fois plus improbable et plus fort. Si jusqu'ici pas de trace de bobines alors… alors c'est sûr il n'y en a aucune, alors c'est sûr elles sont juste là. Aller jusqu'au fond, jusqu'au mur qui fait face à l'entrée, sous un tas de tissus, derrière une affiche, déplacer une machine et enfin des boîtes rondes, les unes sur les autres. Toutes ces bobines retrouvées, par hasard, par miracle. À Los Angeles, un homme fouillait un entrepôt, soudain un tremblement de terre et la bobine d'un film qu'on croyait perdu lui tombe sur la tête. Les films sont là.

Constance fébrile ce matin. Elle aimerait déjà y être, repousser les derniers restes, savoir. Ne surtout pas savoir, croire encore, la découverte possible encore, compléter un héritage, une pièce supplémentaire dans la lente récolte, le patrimoine d'Alice Guy un peu plus solide, un peu plus entier. Achever le film. La voir, marcher dans la neige, monter piolet en main, arriver au sommet.

La route est familière maintenant, Constance n'hésite plus aux carrefours. Le chemin en terre battue, les garages alignés, l'un d'entre eux ouvert. Quelque chose ne va pas.

Georges est assis par terre, appuyé contre le montant du garage. Autour de lui, plus rien.

— Qu'est-ce qui s'est passé ?

— C'est fini.

— Qu'est-ce que vous en avez fait ?

Constance entre dans le garage dégagé, avance dans l'espace déserté. Devant elle, le mur du fond, la fin, c'est la première fois qu'elle le voit. Par terre des bouts de corde, de bois, de tissu, quelques clous, une planche qu'elle pousse du pied. Elle sait qu'il n'y a plus rien, que c'est fini, elle le voit bien, elle continue quand même. Sa main contre le mur du fond. Elle se retourne, rien que quatre murs, un rectangle nu, le jour au bout. Si elle ouvrait la bouche, son cri se répercuterait en écho. Elle sort.

— Je suis revenu hier soir.

— Où c'est maintenant ?

— Qu'est-ce que j'allais en faire de toute façon.

— Tous ces trucs, où vous les avez mis ?

— C'était qu'une question de temps.

— Vous avez pas pu bouger ça tout seul.

— Les éboueurs.

Vous n'aviez pas le droit.

— Je les ai appelés, hier soir.

C'est ce qu'elle veut lui dire, vous n'aviez pas le droit, pas avant qu'elle ait pu voir, être certaine. Constance, sur le seuil du garage. Tout ce que ces quelques mètres auraient pu contenir, à portée, encore là. Elle vacille un peu, Georges se redresse, lui donne le bras. Bien sûr qu'il avait le droit, son garage, son héritage à lui, sa famille, sa mémoire, un peu à tout le monde aussi, un bout d'Histoire.

La voiture roule vite sur la voie de gauche. Constance tendue, penchée vers le pare-brise, scrute les bords de l'autoroute. Un coup de volant, oublie le clignotant, prend la sortie. Des ronds-points, des carrefours, parmi les champs une usine immense. Elle dépasse un camion, accélère sur la ligne droite, pénètre dans l'enceinte.

Elle laisse la voiture, se précipite. Des pelleteuses vont et viennent. Des tas de déchets, immenses, des montagnes, rassemblés par famille : débris de verre, bouteilles plastique, pneus, bois, carton. Séparés par de fins murs de briques blanches. Des bulldozers en apportent toujours plus, poussent l'amas, l'augmentent, la lame tasse les déchets, des bouteilles dégringolent, sont récupérées dans le nouvel arrivage, la machine s'avance, les dents s'enfoncent, reculent, recommencent.

Perdue au milieu des camions qui tournent, ouvrent leur benne, déversent leur chargement sur le béton maculé. Égarée parmi les cris stridents des machines, métal contre le sol qu'on racle, odeurs. Elle avance dans un hangar démesuré. Face à elle une chaîne automatisée gigantesque. Lignes entremêlées, labyrinthes. Des tapis roulants qui montent, descendent, traversent. Vacarme du roulement. Objets emportés dans toutes les directions.

— Hé vous !

Un homme, gilet orange et casque.

— Qu'est-ce que vous faites là ?

— Je cherche un chargement, il a été apporté hier soir.

— Vous devez sortir, c'est interdit au public.

— C'était une erreur.

Il faut crier, se pencher l'un vers l'autre. Les camions déchargent des avalanches de restes, assourdissant.

— Un garage, avec du matériel de forain.

— Il faut sortir maintenant.

— C'était hier soir, juste hier soir.

L'employé secoue la tête, pointe le dédale de tapis roulants derrière lui.

— C'est dans la chaîne.

— Vous pourriez quand même regarder ? C'est important.

— C'est trop tard.

Haut comme trois étages, en mouvement nuit et jour, le convoyeur emporte.

— Vous devez sortir.

Une main pointée vers l'extérieur, l'autre devant elle qui l'empêche de passer. Elle hésite. Se heurte contre les bruits sourds des frigos écrasés, des cloisons broyées, poussière épaisse, les camions s'arrêtent, ouvrent leur fond, déversent la confusion, le désordre une fois à l'air libre se dilate, se déploie, se répand sur le sol. Impossible de distinguer le détail, les objets, rejets informes. Elle renonce, revient sur ses pas, bientôt sortie du hangar.

Une porte sur le côté, un employé en sort, tête penchée sur des feuilles. Constance vérifie, derrière elle plus personne, elle court, passe de justesse, la porte se referme. Un couloir aux murs nus, vacarme étouffé. Il faut marcher vite, guetter les bruits de pas. Une salle de pause, sur le portant un gilet et un casque blanc qu'elle emporte.

Au bout du couloir, une porte et derrière le bruit des machines. Elle serre la poignée, se mord les lèvres, prend une grande inspiration.

Des hommes et des femmes face à face, le long de larges tapis roulants. Grondement continu de moteurs, chocs contre l'acier. Des mètres et des mètres de bandes noires, des droites et des angles droits, entourées par des ouvriers debout, immobiles, seuls les bras s'agitent. Elle s'approche. Les objets défilent. Trop rapide. Se succèdent sur le plastique sombre. À peine le temps d'en comprendre un, déjà hors de portée, la personne suivante le laisse passer, saisi par celle d'après qui le lance dans un bac. Les bras se tendent, attrapent, jettent, chaque main précise, rapide, cueillette pressée, rodée, systématique.

Constance dépassée. Ne voit rien. Bute contre le flux. Et là peut-être une, et ça se pourrait être, non, et ici une bobine ? déjà loin, à peine sa main se tend, d'autres objets, encore d'autres objets, la multitude étalée sur un tapis noir, les entrailles, une avalanche pièce par pièce, écrasante, et là ! non ; une bobine passerait sous ses yeux, elle ne la verrait pas, trop, trop, ne fait pas le poids, ça ne s'arrête pas, déjà trop tard, retenir, sans y arriver retenir, la machine ne se fatigue pas, ne ralentit pas, inégal, perdu d'avance, des mains contre le temps, vanité et vain, elle plonge, attrape, retire un morceau de ferraille arrondi, ni film ni pellicule, elle avait cru, n'y arrive pas, entre ses doigts un bout de fer qui n'est plus rien, l'abandonne dans le flot, essaie de se raccrocher, ne reconnaît rien, les restes lui échappent, Georges dépassé par un garage, une histoire, succession, transmettre, de génération en génération, emporté, les biens et récits ruissellent, un membre parmi d'autres dans la chaîne, pour aller où, jusqu'où, à quoi bon, héritier d'un passé qu'il ne reconnaît pas, dispersé, perdu, des morceaux, des morceaux, et si les choses pouvaient juste, une bobine passerait là, insensé, la machine ne s'arrête pas, toutes ces mains qui prélèvent, séparent, tamis d'hommes et de femmes, précis, adroit, un objet après l'autre, en même temps marée, magma, un tout gigantesque où les choses, leur sens et leur but se dissolvent, rassemblés, une seule identité, déchets, rebus, passé, le flux les emporte, la cadence les disperse, pas humain, insaisissable, impossible d'arracher un morceau, un film, sauver, rattraper quelque chose.

Elle suit la progression des tapis roulants. Moins d'objets mais toujours trop, la chaîne automatique accélère, s'engouffre dans de grandes machines, reconnaissance automatique, aimants, tri optique et bras articulés, elle ne fait pas le poids, personne, ce qui est passé n'est plus, l'Histoire, maigre barrage, illusoire, ce qui s'est produit ne se retrouve plus, fini pour toujours, les hommes les choses les peuples les histoires, emportés, révolus, une ère après l'autre, tout disparaît, rien ne disparaît, la matière impossible à éliminer, on la brûle, on l'incinère, des milliers de degrés, reste cendres, reste fumées, les restes des restes des restes, à filtrer, dépolluer, scories, mâches, trier, enfouir, enterrer, des couches, protéger la terre, mélanger au béton, on marche dessus, on dort dessus, alvéole après alvéole, décharges, déchet ultime, immortel, la matière, solide, à jamais, des mètres cubes de terre, faire de la place, remplir les trous, remettre la terre, recouvrir, de l'herbe à nouveau, des arbres à nouveau, oublier, la surface plus épaisse, l'espace limité, kilotonne, mégatonne, ça ne veut rien dire, mètres cubes, milliers de degrés, si les choses pouvaient juste disparaître, les choses dans les choses, des centaines de canettes font un cadre de vélo, des bouteilles font d'autres bouteilles, des films d'autres films, la matière n'en finit pas, les objets faits d'autres objets, métamorphose, digestion, absorbés, cannibales.

À la sortie des machines, une fosse. Un trou, gigantesque, où les choses échouent, s'entassent, attendent. Au-dessus un grappin. S'abaisse, s'enfonce, resserre ses crocs, soulève, emporte sa prise, bientôt plus de place, pousser les murs, agrandir la terre, les limites, ces choses que l'on jette, mystérieusement s'en vont, disparaissent, rien ne disparaît, éliminées, on aimerait bien, ces tonnes qui ne brûlent pas assez vite, que ferons-nous des cendres, des décharges à nos portes, le grappin rafle et emporte, derrière la fosse une bouche ardente, jamais au repos, le four au-dessus duquel s'ouvrent les pinces, tombent les choses enfin, cessent les choses enfin, Georges a espéré, Georges a cherché, que son histoire, son passé se révèlent, le frappent, sa place sur la ligne, se souvenir de l'avant, léguer l'après, il ne léguera rien, ne laissera rien, libérer ses enfants, se libérer, trois générations de forains, un garage, Georges coupe la branche brûle la branche, la fournaise consume, en fusion, la chaîne se termine dans le vacarme saturé et sourd des chaleurs extrêmes, souffle puissant qui grandit, grandit, la pellicule dans sa boîte brûle, les bords se rétractent, le film se contracte, fond, se mélange au fer de la bobine, se mélange à tout le reste, des tonnes et des tonnes se confondent, grand tout, matière liquide, rougeoyante, droit à l'oubli, Georges indissociable de tous les autres, privé d'histoire, libre, perdu mais libre, seul mais vivant, rien avant lui, du silence après lui, que les temps anciens brûlent que les souvenirs s'en aillent et meure le monde après moi, Georges debout jette la clé de ce garage vide, s'éloigne sur la route en terre battue, n'y reviendra jamais, Georges toutpuissant, léger, affranchi, Constance aliénée, terrassée par le brasier sous ses yeux, être si peu, ne pouvoir rien empêcher, du nitrate qui brûle ne s'arrêtera pas de brûler, matière en feu, énergie, si les choses pouvaient juste, ne s'arrête pas d'engendrer, rien ne se perd tout se, d'autres choses, de bouteilles on fait d'autres bouteilles, à l'infini, de films on fait d'autres films, un héritage brûle et dans un quartier résidentiel des lampadaires s'allument, rien ne naît ni ne périt, d'un état à l'autre, intermédiaire, temporaire, union et séparation, transitoire, absurde de s'attacher à une forme une chose un moment, se finit et recommence, tout à fait autre, tout à fait identique, Constance balayée, Constance persiste, se raccrocher au bord, quelque part, quelque chose qui ne bougerait pas, ne changerait pas, sa main refermée au bord du brasier, se retient.

Dans les années 1950, la sculptrice Gladys Moon a réalisé un buste d'Alice Guy, alors qu'elle avait bientôt quatre-vingts ans.

Cette sculpture a été donnée à l'Alliance française de Washington, mais aujourd'hui on ne la retrouve pas.

Des appels ont été lancés sur Internet, les membres de l'Alliance ont été interrogés. Les plus anciens n'ont aucun souvenir de cet objet dans les locaux de l'organisation.

À ce jour, le buste d'Alice Guy reste introuvable.

À Lyon, les usines Lumière ont été détruites, mais une partie du bâtiment a survécu. L'entrée du hangar demeure : le toit, ses poutres foncées, sa charpente, quelques bouts de murs et leurs fenêtres.

Aujourd'hui, la salle de projection de l'Institut Lumière enveloppe ce vestige de la fin du XIXe siècle, comme une coquille, un écrin.

Tous les ans, chaque 19 mars, le public se rassemble dans le hangar. Une caméra est posée au même endroit que l'était celle de 1895, et avec le même angle, au signal de l'opérateur, des hommes et des femmes sortent de l'usine.

En noir et blanc, les acteurs improvisés rejouent les mouvements de l'original, jusqu'au détail du chien et du vélo.

Une poignée de secondes qui nous prolonge, nous place tous sur la même ligne.

XXIV

La voiture se faufile sur une route étroite, entourée d'arbres sauvages. Des virages serrés, Constance roule au pas, ballottée par les bosses et les trous, une secousse de trop et elle sent qu'elle peut partir en morceaux. Dans ses oreilles encore le vacarme de la décharge, la chaleur du brasier sur son visage. Si elle n'avait pas retrouvé Georges, ne l'avait pas poussé à ouvrir le garage, les restes du Théâtre électrique existeraient encore. Elle se sent comme sur un lac gelé, des fissures sous les pieds. Si elle bouge la glace craque, si elle ne bouge pas la glace cédera quand même.

Elle suit les indications de Jean-Baptiste, puis celles de Lucien, plus précises. Traverser le village, à l'église prendre à droite puis continuer jusqu'au bout du chemin. C'est la dernière habitation, la route s'achève dans la cour. À gauche une maison de campagne de deux étages, solide, en pierre, la façade mangée par le lierre. À droite une grange de la même taille, sorte de réplique aux pierres plus irrégulières.

À peine la voiture arrêtée, un homme sort de la maison.

— Alors vous avez trouvé ! Le trajet s'est bien passé ?

Il est plus petit que Constance, une couronne de cheveux blancs et courts, de minces lunettes, soixante-dix-huit ans. Il lui serre la main, énergique et sincère, elle sent des doigts gonflés par le travail.

— Vous avez découvert notre belle région, c'est vert hein ? On y est depuis quarante-cinq ans !

— Mais qu'est-ce que vous faites à parler dans le jardin, Lucien fais-la entrer voyons !

Une femme sur le seuil, cheveux courts, jupe et chemise large, un visage rond et doux. Lucien lève les mains, coupable, « on ferait bien d'y aller, je vais encore me faire engueuler ». La porte d'entrée débouche directement sur une cuisine ancienne aux larges plans de travail, l'évier en pierre et les murs recouverts d'étagères qui conservent des plats décorés, différentes cruches en terre cuite, quelques dessins d'enfant. Le bois sent des années de confiture et de beurre.

— Vous prendrez du café, un thé peut-être ?

— De l'eau, je veux bien un verre d'eau.

— C'est tout ? On a du jus d'orange.

— De l'eau du robinet, c'est très bien merci.

Elle s'assied à côté de Lucien à la grande table, sur une de ces chaises paillées au dossier inconfortable. Sa femme dépose une tasse de café devant lui, donne un verre à Constance en même temps qu'une assiette et une petite cuillère.

— Vous avez fait bonne route ?

— Oui très bien, merci de m'accueillir.

— Oh ben c'est avec plaisir ! C'est pas souvent qu'on a des visiteurs pour la collection.

— Vous faites ça depuis longtemps, la collection ?

— C'est un mordu de cinéma, depuis toujours !

— Léa, viens avec nous, qu'est-ce que tu fais encore ?

— Il faut bien que quelqu'un s'occupe de la tarte !

Elle sort un plat du four, le met sur un linge plié en quatre au milieu de la table « c'est aux mirabelles, il faut attendre que ça refroidisse », puis tire la chaise qu'on devine la sienne depuis des années, à côté de Lucien. Ça y est il peut commencer, les couples de longue date se racontent ensemble.

— J'étais projectionniste. J'avais un travail à côté, mais c'était ça ma passion. Les soirées, les week-ends, je projetais au cinéma du coin.

— Avec les enfants on passait notre temps au cinéma aussi. Nous dans la salle et Lucien derrière.

— Ça m'a pris tout petit. Quand mon père m'a emmené la première fois, j'ai rien vu du dessin animé ! J'ai passé la séance tourné vers la petite fenêtre, là où la lumière sortait. À la fin du film, la porte de la cabine était ouverte, j'ai juste eu le temps de voir ces grandes machines, comme des dragons… Après j'ai pas arrêté de demander à mes parents d'y retourner. Et puis j'ai pu entrer dans la cabine, mais le projectionniste m'a dit « t'es trop jeune, reviens dans quelques années ».

Léa le regarde comme si c'était la première fois qu'elle entendait l'histoire. Ni lassée ni agacée de l'écouter encore, elle aime ce Lucien enfant qu'elle connaît à travers son mari âgé.

— À treize ans je suis revenu, cette fois il était d'accord. Il m'a formé en trois mois, je faisais les projections avec lui après l'école. Un jour il m'a dit « vas-y, celle-là tu la fais tout seul ». Et puis voilà, ça m'a plus quitté.

— C'est vrai que c'est une ambiance particulière la cabine… le bruit, l'odeur. Les enfants adoraient rejoindre leur père après le film.

— La collection est venue comme ça, j'avais envie de projeter à la maison.

— Et les films, vous en avez beaucoup ?

— Oh oui, trop !

Il rit, vide sa tasse, se lève pour se resservir, les premiers pas sont un peu raides, sa femme tend un bras, il le lui serre autant pour qu'elle reste assise que pour se soutenir jusqu'à la cafetière.

— Tenez, l'autre jour encore, une femme m'appelle, son mari est décédé. Dans le grenier ils ont retrouvé des tas de pellicules Super 8 de son service militaire au Kenya. Ils savaient pas quoi en faire, moi j'ai dit « OK je les prends », sinon ils allaient les jeter, vous imaginez ?

— Et du nitrate ? Des films des débuts du cinéma ?

— Oui j'en ai quelques-uns, mais vous savez le nitrate, dans une collection, c'est rare. Le nitrate c'est surtout du 35 mm ça prend beaucoup de place. Les collectionneurs, on s'intéresse à tous les formats, du 16, du 9,5, du 8, et ceux-là, la plupart du temps ils sont en acétate. Eux ils ne brûlent pas, mais on se bat contre le vinaigre, ça se gondole, ça colle et alors la pellicule on ne peut plus la passer.

— Je cherche un film de Gaumont, de 1900.

— Je vous montrerai. J'ai une liste et puis pour le reste il faut regarder les boîtes, il faut fouiller...

Comment peut-il ne pas savoir ce qu'il a, quels films il possède. Ça dépasse Constance, mais elle ne s'imagine pas ce que c'est, les films par centaines qu'il reçoit d'un coup, les descriptions approximatives, les mauvais étiquetages, il faut d'abord leur trouver une place, remplir les armoires, les buffets, sa vie petit à petit dédiée à, conquise par. La collection demande de la place, de la place qu'il faut céder, encombrer la cave, sacrifier des pièces, plus de chambre d'amis, plus de bureau, déménager. Tout le monde ne peut pas acheter une usine, c'est sa vie à soi qu'il faut réduire pour la collection qui gagne du terrain.

Se faire une terre d'accueil pour ces morceaux d'existences sur pellicule qui sinon seront jetés, détruits, disparus. Des films de vacances, des cours d'entraînement scout, des défilés de majorettes, des sorties de mairie, grains de riz et costumes kitch, ça mérite d'être gardé, d'être épargné pour une vie encore, au prochain décès on verra, mais sauver ce qu'on peut, si personne ne le fait alors qui, aux collectionneurs de repousser leurs murs, céder de l'espace pour les souvenirs des autres, encombrants, envahissants, nécessaires.

— Le nitrate, les premiers films, je sais, c'est important. Mais il ne faut pas oublier tous les autres, moi je collectionne tous les films.

Document, trace, témoin ; le cinéma, bien plus qu'une mise en scène ou une intrigue, les films font Histoire par leur arrière-plan, les détails qu'aucun spectateur de l'époque ne relève mais sur lesquels leurs petits-enfants s'arrêtent. C'était comme ça, on faisait comme ça, la ville, l'amour, les gens ressemblaient à ça. Les noms des réalisateurs et les visages célèbres s'effacent pour les rues qu'on aperçoit, les voitures qui ne roulent plus, les métiers disparus, le New York en ruine derrière la Cité Lumière.

— Les films que je garde, ils n'intéressent pas les gens. Des films des années 1940, 1970, c'est encore trop tôt, mais ça viendra.

Il conserve pour plus tard, protège pour le monde qui viendra après lui. Il en faut bien, des gardiens qui sauvent sans tri ni sélection, faire archive sans orienter la narration. L'Histoire se construit par les traces, il est du devoir de chacun d'en épargner, d'en protéger, pour qu'elles nous survivent, du pouvoir de chacune de multiplier les indices, participer à l'écriture, assumer un héritage et le faire valoir : voici nos vies, le poids de photos de famille contre la symbolique des traités, les listes de courses aussi légitimes que les actes de propriétés, s'approprier le mot archive, l'adoucir, tout est archive, avec d'autres traces raconter d'autres récits, non plus l'histoire des statues mais *les* histoires, violentes, contradictoires, vivantes, laisser la place pour d'autres témoins, donner leur chance à toutes les mémoires.

— Un bout de tarte ?

Pas d'issue, le refus est impossible. Elle ne veut pas la manger, cette tarte, elle en a déjà la nausée. Sur la table un cheveu, des miettes jonchent le plan de travail, dans l'évier des perles de gras. Elle tend docilement son assiette, reçoit une part, prend la petite cuillère. Elle la met dans sa bouche comme une kamikaze, pendant qu'elle mâche la pièce tourne un peu, la tarte au milieu de la soucoupe, des motifs peints, du lierre, des buissons, quelques fleurs jaunes.

— Parfois on se décourage vous savez, toutes ces pellicules… On a une grange, on habite à la campagne on a de la place, c'est une chance. Mais on commence à se sentir à l'étroit. Et puis j'ai pas les moyens de conserver ça correctement. Il faudrait une température stable toute l'année, un taux d'humidité contrôlé… L'été j'ai des ventilateurs et puis l'hiver on fait comme on peut, mais on a nos limites aussi…

Le regard qu'ils échangent, de ceux qui savent, sont ensemble depuis longtemps.

— Si ça se trouve j'ai plein de pertes. Des films qui ont viré, du syndrome du vinaigre. Peut-être que j'ai beaucoup de boîtes qui sont foutues, à ce moment-là elle sert à quoi ma collection ? Je fais pas ça pour garder des tombes…

— Mais nos amis, ils adorent venir dans le cinéma, et Isabelle quand elle amène les enfants.

— C'est vrai que ça leur fait toujours quelque chose aux gens, voir du cinéma comme avant.

— Et puis vous ! Des gens comme vous qui viennent nous voir, ça nous fait bien plaisir. Vous voulez encore de la tarte ?

La grange est bordée de fleurs qui se confondent aux herbes hautes. Il déverrouille le cadenas, laisse passer Constance. Une rangée de projecteurs l'accueille, une dizaine en épi, comme une haie d'honneur. Contre le mur opposé, des étagères avec des caméras, quelques lanternes, devant chaque objet un petit carton qui dit le nom et l'année. Tout au fond, un établi et au mur les outils accrochés, clés à molette, tournevis, de la teinte des instruments qui servent souvent.

— Voilà voilà…

Elle retrouve les projecteurs, forme familière maintenant, plus laissés en liberté, en meute, mais disciplinés l'un à côté de l'autre, majestueux, on les dirait sortis d'usine. Lucien en tapote un, passe la main sur la courbe de la lanterne, les salue, les flatte, il resserre une poignée, fait glisser son pouce le long de la lentille.

— Ceux-là je les ai trouvés en piteux état ; je les ai tous restaurés. Ça prend du temps hein, il faut démonter, nettoyer chaque pièce, des fois les remplacer, et puis repeindre, tout remonter.

— Ils fonctionnent ?

— Ah bah ça oui, prêts au départ !

Constance approche la main, sent le métal lisse, la peinture noire. Dans cette grange, au côté de Lucien, le passé est accessible, doux, à portée. Elle le touche. L'arrondi de la lanterne, les poignées, les leviers, la bobine de départ, le couloir de projection, la lentille, aux rebords vifs, de l'argent des bijoux. Ses mains sont grandes ouvertes, comme du braille elle lit l'histoire, s'approprie les contours du projecteur. Du tangible sous ses doigts, elle presse, caresse, attrape, comprend l'appareil, retrouve quelqu'un. Elle pousse le projecteur, de tout son poids, il ne bouge pas, solide, elle s'y raccroche.

— Celui-là, on était en route pour un camping dans le Sud, avec les enfants. Sur la nationale on traverse un petit village, avec un vieux cinéma qui avait l'air abandonné. Je demande autour, quelqu'un connaît le propriétaire, il l'appelle. On a attendu trois heures qu'il arrive, et à l'intérieur il restait ce trésor.

Il se retourne, saisit une caméra qui tient dans sa paume, le boîtier en aluminium gainé de cuir n'est pas plus épais que le dos d'un livre.

— Celle-là, je l'adore ! On était en voyage de noces, c'était encore la Tchécoslovaquie à l'époque. On tombe sur un vieux vieux magasin de photo, les tirages en vitrine étaient délavés, tout jaunes je me souviens. On fouine un peu et au fond de la boutique on tombe là-dessus, un petit bijou des années 1930, fait en Allemagne, du 9,5 millimètres.

La collection comme un autoportrait. On ajoute notre histoire à des objets vieux déjà, chargés déjà. Couche après couche, les choses nous survivent, que gardent-elles de notre passage ?

— Et les films ?

— C'est en haut que ça se passe.

Ils empruntent un escalier en bois très raide, débouchent dans un espace sombre, odeur de clos et d'étroit, un air épais, un peu plus chaud qu'au rez-de-chaussée. Lucien ouvre une fenêtre, puis des volets, le jour d'un coup. Des boîtes partout. Il y avait des étagères, mais elles sont dépassées depuis longtemps, disparues derrière les pellicules qu'elles contiennent. On ne voit plus les murs, les dimensions de la pièce redéfinies par les piles de bobines. Les boîtes sont grises, rouges ou orange. Une bande blanche sur les bords parfois, avec un titre, une année, des écritures différentes, de multiples mains. Un mince chemin laissé libre pour circuler, impossible de s'y tenir les deux pieds côte à côte, ils s'appuient sur les piles pour ne pas tomber. Lucien s'enfonce dans la pièce, elle le suit, le retrouve vers ce qui a l'air d'être le fond, tant bien que mal il s'assied sur un tas de pellicules, l'invite à faire la même chose.

— Bon ben, voilà.

Un cahier dans la main, de ceux qu'on utilise à l'école, la couverture rigide et verte, à l'intérieur des carreaux.

— J'ai recensé cette partie-là.

D'un geste vague il montre le début du stockage, là où ils sont entrés.

— Il me reste cette zone.

Tout autour de lui, la plus grande partie, la plus en désordre aussi. Constance cernée par les pellicules, rassurée par tant de boîtes, il reste des choses et des gens qui les gardent.

— Redites-moi votre film déjà.

— *Bataille de boules de neige*, Gaumont, 1900. Fait par Alice Guy. Si vous avez d'autres films d'Alice Guy aussi…

Le cahier ouvert sur les genoux, il parcourt les titres l'un après l'autre, descend la colonne avec deux doigts plaqués sur le papier pour ne rater aucun titre. Elle ne sait pas combien il y a de pages, ça pourrait prendre un moment.

Les piles arrivent jusqu'au plafond. Toutes ces bobines dont les titres ne lui disent rien : *La Réouverture de la rue du Grand Moulin à Saint-Étienne*, *Assemblée générale de l'aéroclub Centre*, *Exposition des inventeurs et artisans*, son film peut-être parmi eux. Lucien, concentré, parcourt les lignes une à une. Elle se penche, saisit une bobine sur le sommet d'une pile plus haute qu'elle. Anonyme, il n'y a d'inscription ni sur le bord ni sur le dessus. Elle la cale contre son ventre, tire un peu en haut, pousse un peu en bas, souvenir de vieilles boîtes à biscuits. Au CNC elle n'avait pas osé, dans l'usine elle ne s'en sentait pas le droit, à la déchèterie elle était arrivée trop tard, cette fois, enfin, elle verra. Elle prend la bobine dans une main, la pellicule glisse, bande fluide de cellulose, comme de l'eau.

Elle se tourne vers la fenêtre, lève la pellicule à hauteur de ses yeux, la déroule un peu. Le monde en miniature. Entre les deux rangées de perforations, des étendues de glace, du blanc à perte de vue, d'immenses icebergs, de petites formes noires sur la rive. Photogramme après photogramme, le point de vue se déplace pour bientôt laisser apparaître un bateau amarré à la banquise, des drapeaux, un marin qui agite la main.

Le Grand Nord est là, enfermé dans ces quelques millimètres de large, ce sont les rayons de ce jour-là qui se sont reflétés sur cette neige, cette glace, ces hommes, pour venir impressionner la pellicule, s'imprimer dans le sel et le bromure. Les images sont réelles, les choses laissent une empreinte qui se déroule sous les doigts, se révèle au soleil d'une fenêtre ouverte. Elle aime ça, les tenir dans ses mains, il y a du grain à qui se frotter, une surface à laquelle s'accrocher. Dans les disques durs et les cartes mémoires, la magie de la formule des 0 et des 1 ; entre les doigts de Constance une autre magie, plus matérielle, plus mystérieuse encore. La lumière qui, par un objectif, par une focale, change les molécules, transforme le clair en noir, refait les ombres, les contours, les visages.

L'image a eu plusieurs demeures. D'abord le bitume de Judée, qui durcit à la lumière, demande de poser des heures, des jours. Puis des plaques de cuivre recouvertes d'argent, l'image s'inscrit plus rapidement mais elle est instable, facilement effaçable. Vient l'iodure d'argent sur des bandes de papier, puis de cellulose, les blancs deviennent noirs et les noirs deviennent blancs, c'est le négatif et c'est lui qui s'impose. L'image aurait pu être fragile, unique, elle sera stable et reproductible.

Lucien se penche, regarde avec Constance les silhouettes en noir et blanc.

— Ça c'était des bandes d'actualités, je les ai récupérées dans une vieille école qui allait être démolie. Le bâtiment était abandonné depuis des années. J'étais le premier depuis vingt ans à ouvrir ces boîtes. Si ça se trouve, on est les derniers à le faire.

Elle imagine des fils de part et d'autre du grenier, elle suspendrait les pellicules à la place du linge, à l'air libre, les images à la lumière, vivrait parmi elles, leur passerait au travers, bruissements de monde dans la brise.

En anglais, « souvenir » se dit « recollection », un mot rond, chaud, qu'elle aime répéter. Elle replace le couvercle, remet la bobine à sa place, fait glisser ses doigts le long des boîtes, les laisse choisir pour elle, en tire une au hasard. Une salle de bal, un lustre impressionnant, des hautes fenêtres, des gens qui dansent. On se rapproche d'un couple, ils tournoient dans la pièce, la femme au chignon compliqué, un collier imposant, et l'homme, moustache et costume trois pièces. Tout est rouge, la teinte a envahi la surface sans endommager les images, c'est la couleur qui vire, la pellicule est vivante, les molécules continuent leur marche dans la nuit des boîtes.

— Bon, là-dedans il n'y a rien.

Il referme le cahier, le tapote doucement.

— Il faudrait voir le reste… ouvrir toutes les boîtes. Même quand il y a un titre, on ne peut pas toujours lui faire confiance, ça peut être un autre film à l'intérieur.

Tous les deux, petits au milieu des restes accumulés, des pièces trop étroites, des films en attente. À l'intérieur de toutes ces boîtes, des comédies et des drames, des souvenirs, des gens morts depuis longtemps, des anonymes et des chefs politiques, des fictions et des moments de vie, qui survivent et meurent au creux des galettes de métal.

— *Bataille de boules de neige* vous dites ?

— Oui.

— Je ne vous garantis rien, il y a peu de chance, mais je vais chercher. Il est temps que je fasse de l'ordre, oui il est temps…

Il se lève péniblement, redresse une pile qu'il a bousculée.

— Venez, j'ai quelque chose à vous montrer.

Une pièce tapissée d'affiches, une vingtaine de vieux fauteuils rouges face à un écran de trois mètres. Contre les murs, des figurines en carton, une distributrice de billets, tickets bleus, roses pastel, des panières en osier avec de vieilles sucreries.

— Par là.

Il remonte les trois rangées de sièges, pousse une porte, la laisse entrer en premier. C'est une petite salle de projection, avec une table pour rembobiner la pellicule, quelques outils et deux projecteurs.

— Tenez, asseyez-vous.

Il tire un tabouret entre les deux machines.

— Quand le cinéma où je travaillais a fermé, j'ai pu récupérer ces deux-là.

Lucien entre les deux appareils, bras dessus bras dessous, comme trois vieux collègues de travail.

— Projectionniste, c'est le dernier maillon. À la fin, c'est moi qui délivre le film ; derrière il y a eu le scénario, le tournage, le réalisateur, les acteurs. Faut faire les choses correctement.

Il fait glisser le volet qui occultait la petite fenêtre devant le premier objectif. Au loin la toile blanche.

— Vous savez comment on nous surnomme ? Les ours. C'est vrai, on bosse dans l'ombre. Mais moi j'adore les salles pleines, toutes ces têtes et ces nuques qui regardent l'écran. À la fin, quand il y avait des applaudissements, j'étais content, j'avais fait les choses bien.

Seul dans le noir, travailler pour la foule. Comme Constance devant son écran, à manipuler les images. Elle envie les plateaux de tournage, ces gens rassemblés pour une même chose, les caméras, les lumières, les techniciens, les comédiens, chacun fait sa part, entre le « action » et le « coupez », un monde.

Elle effleure le corps opaque du projecteur, mécanisme inconnu, secret, toque du bout de l'index pour éprouver la matière, comme on demande timidement à entrer.

— Comment ça marche ?

— D'abord, il y a la lanterne.

Il ouvre le corps du projecteur, le ventre arrondi.

— Moi je travaille avec des arcs de charbon.

Deux barrettes horizontales face à face, proches l'une de l'autre mais qui ne se touchent pas.

— Ça produit une lumière très blanche, très forte, comme le soleil. Elle est reflétée dans ce miroir, là, qui l'amplifie et la redirige sur la surface de l'image. Chaque barre dure une vingtaine de minutes, après il faut les changer.

— Et qu'est-ce qui se passe, à l'intérieur ?

— Dans le chrono ? C'est tout simple : la pellicule défile devant la focale, qui agrandit l'image et la projette sur l'écran. Et entre les deux il y a l'obturateur, pour entrecouper les images.

Ça l'a toujours fascinée, l'imposture de l'image en mouvement. Un film qui paraît animé n'est en fait qu'une suite de photogrammes immobiles, hachés par du noir. Un tour joué à notre perception, ce que l'on voit n'est pas ce qui est, le continu est une illusion. Que croire ?

— Attendez, vous allez voir.

Il saisit une pellicule derrière lui, large et lourde, la tient à deux mains puis la place dans la bobine débitrice. Constance se lève, lui laisse la place, pour elle le spectacle est là.

Il déroule un peu de pellicule, se donne du mou et commence le trajet de la bande entre les tambours débiteurs et les galets presseurs. Parfois devant, parfois derrière, il guide la bande souple et solide, n'hésite pas, sur son pouce un bleu noir qui prend la moitié de son ongle a épaissi la corne. Instinctif, gestes d'habitué qui sait le chemin des images.

— Prête ?

Il met en marche le projecteur, a laissé le couloir de projection ouvert, elle voit la pellicule qui glisse, se déroule, interrompue vingt-quatre fois par seconde par l'obturateur qui passe devant l'objectif, les images s'enroulent dans la bobine débitrice, sablier qui s'écoule du haut vers le bas. Elle se penche sur le hublot de l'arrondi du projecteur, le charbon incandescent brûle, flamme vive qui inonde le ventre.

Il éteint la lumière principale de la salle de projection, laisse une petite lampe seulement, une veilleuse. La surface noire de la pellicule miroite entre les rivets, défile avec la force d'une source, jeune, souterraine. À cette vitesse impossible de distinguer ce qui se joue sur la pellicule, c'est le mouvement seulement, la magie de la machine, et ce bruit, doux, régulier, obsédant, si familier. Pourtant c'est la première fois qu'elle est du côté projectionniste, pourtant elle ne se souvient pas de l'avoir entendu avant, pourtant… Il y a plus d'un siècle, quand le cinéma n'avait pas encore de nom, quand tout était neuf encore, possible encore, le même son, presque le même son, un trait d'union, un passage dans la fréquence. Face à cette machine, dans cette pénombre, à l'intérieur de ce son, ce pourrait être Ernest, ce pourrait être Albert Khan, Le Prince, Alice Guy, Constance, Lucien, Jean-Baptiste, tous les autres et toutes les autres, plus loin encore, des échos de feu dans la nuit, d'histoires chuchotées, de peintures sur des parois qui prennent vie dans les ombres des flammes.

La pellicule défile.

Constance, face au projecteur, se sent enfin un passé.

À Culpeper en Virginie se tient tous les ans le workshop « Mostly Lost ». Pendant trois jours, les historiens et archivistes du cinéma se rassemblent dans des salles obscures où sont projetés des extraits de pellicules non identifiées, souvent des débuts du cinéma.

Ordinateurs, téléphones et carnets sur les genoux, les spécialistes lèvent les mains, reconnaissent une plaque d'immatriculation, un détail de la bobine, et à la fin du congrès, presque toutes les pellicules ont retrouvé leur nom.

XXV

— On est bientôt arrivés.

Jean-Baptiste est passé chercher Constance pour l'emmener chez le dernier collectionneur. Dans la voiture, elle aurait pu lui raconter la fouille du garage, les marionnettes, le box vide d'un coup, jusqu'où elle est allée, ses découragements, son entêtement, le film qui lui manque toujours, la feuille arrachée aux archives, elle pourrait lui dire, juste pour le dire à quelqu'un, elle n'en a pas besoin.

— C'est par là, voilà, le numéro 23.

Une maison anonyme des années 1960. Deux étages de crépi gris, taché d'humidité, des volets qui pèlent.

C'est le début de l'après-midi, le quartier est mort, des pavillons où on dort seulement. Devant la maison, ce qui fut un jour une pelouse, un petit chemin de pavés déchaussés qui passe près d'un arbre aux branches rigides et mortes. Jean-Baptiste presse la sonnette blanche, un carillon résonne de l'autre côté de la porte.

— OK, recule-toi un peu.

Il pointe une caméra au-dessus de la porte, fait un geste de la main.

— André, c'est moi. Je t'ai laissé un message.

Rien. Œil fixe de la caméra, immobile.

— Je suis avec Constance, je t'en ai parlé.

Le silence tout autour ; un quartier triste de maisons tristes.

— Il est peut-être sorti.

— Non, il ne bouge jamais de chez lui. Il est là-dedans c'est sûr.

Il sonne encore une fois, plus longtemps, écarte les mains de chaque côté du corps.

— Elle veut juste savoir si tu as un film, on n'est même pas obligés de rentrer.

Elle ne sait pas si elle doit parler, défendre sa cause là, sur le palier face à la caméra de surveillance.

— Bon, désolé… On sait jamais à quoi s'attendre avec lui.

Il frappe la porte du poing.

— Tu fais chier André.

Il est vingt heures, Constance est de retour au numéro 23. Elle ne le laissera pas s'en sortir avec un refus silencieux, une porte close, elle demande juste un film.

Quelques lampadaires grésillent, les fenêtres éclairées des pavillons autour ne suffisent pas à rendre les alentours vivants. À cette heure, il ne peut être que chez lui. Elle sonne une nouvelle fois. Aucune lumière dans la maison. Elle fixe la caméra, ne lui parle pas, reste là. À l'intérieur un cri, elle croit avoir entendu un cri. Les doigts de la main droite sur le bois de la porte, comme on écoute un torse, elle attend. Le cri à nouveau, pas un « allez-vous-en » mais une détresse, un appel. Elle essaie la poignée, essaie encore. Dans la rue personne, aux fenêtres personne.

Elle repère sur le côté un étroit passage fermé d'une barrière. Un portillon à la peinture écaillée, les gonds incrustés de rouille, elle le pousse, il est verrouillé. Elle va repartir, le cri revient, plus distinctement cette fois. Elle enjambe la barrière, une écharde se plante dans son index, elle l'enlève, porte son doigt à ses lèvres, regrette tout de suite. Maintenant de l'autre côté, elle doit avancer.

Une haute haie entoure l'arrière du pavillon, la protège des regards des voisins, elle se sent intruse, en faute. À chaque coin de la maison, une caméra. Pas de pelouse ou de balançoire, pas de table de jardin ou de barbecue, mais de la terre retournée, des monticules un peu partout. Dans la pénombre elle ne distingue pas bien le chantier, tout le sol est labouré, ses chaussures glissent dans la terre humide, elle passe à côté d'une pelle. Une première fenêtre, d'épais rideaux lui renvoient son reflet. Elle essaie la suivante, des rideaux encore, mais mal fermés, un espace lui laisse voir un morceau de l'intérieur et un corps au sol.

Elle toque contre la vitre.

— Vous m'entendez ?!

Elle frappe plus fort, le corps ne bouge pas. Rien autour d'elle, un espace séparé du reste par les hauts thuyas, un îlot. La porte de derrière, vitrée mais aveugle, elle force la poignée mais rien à faire. La pelle, son manche rêche et sale, il lui faut trois coups pour briser le carreau. Des trilles stridents, elle passe la main à travers le trou, déverrouille la porte, les mains plaquées sur les oreilles, le son ricoche contre les murs, pas d'échappatoire, tout est noir, l'alarme lui vrille le plexus, raréfie l'air dans ses poumons, à chaque pas elle bute contre quelque chose, des formes partout mais elle ne distingue rien, trébuche, se rattrape d'une main, le son explose, des objets partout, un cri quelque part, le rythme de l'alarme s'accélère, pire encore, jusqu'où le son peut monter ? Elle appuie fort sur ses oreilles, se fait mal, arrive près des jambes, du torse, du visage d'un homme sur le dos, bouche grande ouverte, postillons, il crie quelque chose, elle laisse un peu d'air entrer « 2348B ! 2348B !! », elle cherche, une seule lumière, un boîtier qui clignote, tape le code, d'un coup un silence écrasant.

— Putain c'est pas trop tôt !

Tremblante encore, elle tâtonne le long du mur, trouve un interrupteur. Un chaos entre quatre murs. On dirait qu'un fleuve est entré, a tout emporté, tout mélangé avant de se retirer en laissant l'intérieur dévasté. Elle n'a jamais vu autant de choses dans une maison, comment peut-on vivre là-dedans ? Illisible.

— Merde fait chier !

L'homme toujours au sol, du sang sur le front.

— Ça va ?

— J'ai l'air d'aller bien ? Ah putain mais aide-moi à me relever !

Son ventre gonflé fait comme une île, il donne des coups de bras, de jambes, s'épuise dans un pull en laine taché, un training informe. Ce n'est pas la première fois qu'il tombe. Sa vue n'est plus bonne, ses jambes parfois le lâchent. Mais là, il n'avait plus aucune force, pas moyen de se relever. Des heures qu'il était au sol, sans issue, humilié, au-delà de la panique. Elle lui attrape la main, tente de le soulever, trop lourd, elle prend appui sur la table à côté d'elle, des choses glissent, bruits de ferraille.

— Mais tire bon Dieu !!

Elle le hisse, il s'agrippe, attrape ses épaules, lui tombe dessus d'un coup, chair humide, odeur âcre, elle ne sent plus que ça, il faut qu'elle se douche qu'elle se change qu'elle s'en aille, d'une main il se tient contre le mur, l'autre bras passé sur les épaules de Constance, son visage contre le sien, essoufflés tous les deux.

— J'ai cru que j'allais crever.

Il frappe le mur, penche d'un côté, ils manquent de tomber.

— Comme un putain de rat !

Elle sent des sanglots contre son corps, essaie de tourner la tête pour le voir, n'arrive pas à bouger, il pèse trop lourd, ses jambes le portent à peine.

— Qu'est-ce que t'attends ? Aide-moi, sur le fauteuil là.

Elle ne l'avait même pas vu, ne sait pas l'identité des pièces, tout est si encombré, recouvert, enseveli. Elle tente de l'accompagner en douceur, il tombe d'un coup dans le vieux fauteuil défoncé. Elle le voit enfin de face, visage bouffi, du sang séché sur le front, d'épaisses rides, des larmes sur les joues. Il s'essuie sans ménagement, voit le rouge sur sa main.

— Apporte-moi une serviette merde !

Elle commence à s'habituer à l'espace, aperçoit un évier, elle déduit que c'est la cuisine, se fraie un chemin, ouvre des tiroirs, des placards, partout des outils, des morceaux, des boîtes de pellicules. Elle déniche un verre qu'elle remplit d'eau, un torchon qu'elle humidifie.

— Vous êtes là depuis combien de temps ?

— J'ai cru que j'allais y passer…

— Je vais appeler les secours.

— Nan, tu vas appeler personne !

— Il faut vous faire…

— Personne rentrera ici j'ai dit !

Il vide le verre, l'eau dégouline sur son menton.

— Vous avez mal quelque part ?

Pour la première fois, il la regarde.

— Qu'est-ce que tu fais ici ?

— C'est Jean-Baptiste. On est venus il y a quelques heures.

— Qu'est-ce que tu veux ?

Cet homme face à elle, bouffi, quatre-vingts ans au moins,

c'est la première fois qu'elle casse un carreau, qu'elle entre sans qu'on lui ouvre, toutes les fenêtres obstruées par des rideaux, pas de table, de canapé, de gazinière, rien qui rende ce lieu habitable, la maison est une coquille et à l'intérieur un chaos de formes indémêlables. Constance, au milieu, se raccroche à ce qu'elle sait.

— Je cherche un film.

— Quel film ?

— *Bataille de boules de neige*, de Gaumont.

— Je l'ai pas.

— Vous êtes sûr ?

— Je connais tous mes films, aucun doute.

À ses jambes à elle de céder, pas de chaise à proximité, que des cartons qui débordent, des bobines partout. Un bout de sol libre, elle s'assied là. Elle fatigue. Son film inachevé, ces images qui manquent toujours, cet échec, cette disparition la remplissent, la saturent, épousent ses contours, d'un coup elle n'est plus que ça, une disparition.

— Je sais ce que c'est…

Engoncé dans son fauteuil, suant, reprenant peu à peu son souffle, il la regarde.

— Vouloir quelque chose.

De là où elle est, en tailleur sur le sol, elle commence à déchiffrer l'incroyable enchevêtrement. Des pellicules, partout. Dans des boîtes rouillées, ouvertes, abîmées. De très vieilles valises. Des bandes à l'air libre, emmêlées, la cheminée dégueule des bobines, une bibliothèque contre un mur a cédé, des cartons montent jusqu'au plafond, des piles de magazines, des pages déchirées. Une grande caisse rectangulaire, d'abord elle croit que c'est un cercueil, mais c'est un réfrigérateur au milieu de ce qui fut un jour un salon. Tout au fond émerge un projecteur, sur le mur derrière lui une trace noire prend tout le mur, le reste d'un départ de feu. À l'étage elle suppose le même fardeau mélangé pêle-mêle, à la dérive, elle sent que le plafond au-dessus de sa tête pourrait céder, va céder, le poids de la confusion va venir à bout de la maison et comment tiennent encore les murs ?

Il laisse tomber un bras sur le côté, ramasse une poignée de pellicules emmêlées, la ramène sur lui. Une autre encore, se recouvre des bandes qui bruissent, glissent, cachent son corps odorant, épuisé. Les mains à l'intérieur du tas, il laisse sa tête reposer en arrière, ferme les yeux.

Assise par terre, elle est écrasée par ce que peut être la collection, ce qu'elle pourrait être : une accumulation insensée, les objets innombrables, leur masse contre le mince espace qu'elle elle occupe, eux bien plus qu'elle, plus nombreux qu'elle, cernée par cette obsession qui dérape, ce qu'il a fallu pour en arriver là, garder des choses de cette manière-là, à ce point-là, monstrueux, elle pourrait devenir monstrueuse. Il se redresse, la regarde ; lui répond sans qu'elle ait rien dit à voix haute.

— J'ai fait ce que j'ai pu.

Sa voix rauque, remplie de glaires, ça fait longtemps qu'il n'a plus parlé à quelqu'un, quelqu'un d'autre que sa collection, que ses restes qu'il protège et martyrise, y a-t-il encore quelque chose à sauver ?

— Ils sont venus chez moi. Ils sont venus chez moi, avec la police, et ils m'ont pris mes films.

Bruissements de pellicules, il les serre dans son poing. C'était il y a trente ans, mais c'est comme si c'était aujourd'hui.

— Ils me les ont enlevés. Ils ont retourné toute la maison, ils ont fouillé partout. Y a eu un procès, ils ont dit que j'avais pas le droit, que c'était illégal. J'ai dû payer et ils ont tout pris, ils m'en ont pas laissé un seul, mais ils étaient où hein, quand ces films ils allaient passer à la benne ?!

Quelle vie pour un film des débuts du cinéma ? Il est tourné dans un studio, chez Pathé, Gaumont, Méliès, acheté par les music-halls, les forains, les tourneurs. Il passe à l'écran plusieurs fois, s'use, très vite il y a d'autres gags, d'autres histoires, il faut faire de la place. On le recycle, on récupère ses sels d'argent, sa cellulose, on en fait du vernis à ongles, de la colle, des semelles de chaussures, des armes, on en fait un autre film qui tourne quelque temps, et le parlant arrive, plus personne ne veut des pellicules silencieuses, on les jette dans l'océan, dans des brasiers, il faut faire de la place. Puis on invente l'acétate, un support moins dangereux, on interdit le nitrate, il faut brûler, s'en débarrasser, c'est pour le mieux. Une pellicule est bien seule contre tous ces obstacles, démunie face à l'œuvre du temps, aux modes, aux lois, à l'industrie.

L'Histoire est une hécatombe. Tant sont tombés, trente pour cent seulement des films des débuts du cinéma ont survécu, sauvés par le hasard et l'obstination de quelques dissidents.

Un film après l'autre, des entêtés pour qui les images valent la peine, toutes les images, les sauvent du feu, cette vie captée qui se rétracte sous les flammes, noircit, s'en va. En 1907 Pathé décide de ne plus vendre ses films, désormais on les empruntera : le cinéma rapporte de plus en plus, le milieu s'organise, se durcit, les pellicules sont la propriété de quelques-uns. C'est plus difficile de sauver les films, de les faire sortir du circuit, mais on y arrive toujours. Des forains cachent des films, des cafés-concerts les oublient dans leur cave, des gens arpentent les marchés aux puces, passent des annonces. Ils récupèrent, une bobine après l'autre, les rapportent chez eux, les gardent en secret.

Will Day en Angleterre, Raymond Borde à Toulouse, Henri Langlois à Paris et d'autres, c'est ainsi que naissent les cinémathèques, discrètes sur leur fonds d'abord, on cache les copies dans des boîtes aux titres différents, on ruse pour toujours protéger ces choses que le marché veut contrôler, posséder, détruire. Les grands collectionneurs, ceux dont on a gardé les noms, et tous les autres, une armée discrète qui récupère, conserve, rattrape.

— Plus personne me les prendra.

Après la descente de police, la perquisition, le procès et la saisie, André s'est remis à chercher. Il avait perdu sa collection, des années de travail, un film après l'autre, tout était à recommencer. Quelqu'un, forcément, l'avait dénoncé. Ça pouvait être n'importe qui : des collectionneurs jaloux, des revendeurs qui l'avaient balancé, des spectateurs. Avant, sa maison était ouverte. Il organisait des séances le week-end, montrait des dessins animés le matin, des films le soir, les gens venaient retrouver les projections de leurs souvenirs. Ensuite il a dû faire attention. Fin des années 1970, pendant quelque temps il y a eu plusieurs arrestations, des saisies. Des collectionneurs à qui on passait les menottes pour diffusion abusive de propriété intellectuelle, alors qu'il s'agissait de sauver de la pellicule, de restaurer des projecteurs, de faire revivre ces choses endormies, d'éprouver le passé. Le milieu des collectionneurs s'est refermé, la peur est revenue comme au début des cinémathèques et André a installé des caméras de surveillance, une alarme, n'a plus accueilli personne, est sorti seulement pour chercher des films, n'est plus sorti du tout.

Il lève deux bras qui tremblent, tend un bout de pellicule devant son visage, plisse les yeux. Il n'y a pas assez de lumière, les images sont noires, il sourit, les mains retombent dans le tas de films sur sa poitrine, respiration encombrée.

Patiemment, il a reconstitué une collection. Sa maison s'est à nouveau remplie d'images, il était enfin chez lui. Il a dégoté quelques pièces rares, des copies de films qu'on lui avait pris, mais certains il ne les a jamais retrouvés. Ces films sont toujours là, leur absence les augmente, c'est un deuil qu'il porte, il a eu beau doubler sa collection initiale, en avoir toujours plus, ça n'a pas réparé ces films volés, la police chez lui, les accusations, la passion saccagée.

— Ils ont besoin de moi. Un film c'est capricieux, il faut savoir l'écouter, sentir quand il va virer… Moi je sais l'état de chacune de mes pellicules.

Il ne sait plus rien. Pendant des années il a construit un refuge pour les films, maintenant ils se meurent avec lui, emmurés, isolés dans ce qu'il a voulu un abri. Il a aimé les films, si fort, il les aime toujours. La majorité des collectionneurs ont plus de soixante-dix ans. Les gardiens, peu à peu, se font rares. Il faut se battre contre le temps qui désagrège la pellicule, attaque les sels d'argent, ronge la cellulose, épuise le corps. Qu'il est difficile de lutter contre plusieurs disparitions.

Quand les premiers films ont montré des signes de dégradation, André a acheté un congélateur bahut, puis un deuxième, un troisième, y a plongé les pellicules. Dehors, il a creusé des trous. Il s'est dit que dans la terre elles seraient protégées, c'est là qu'on cache les trésors. Ça lui a pris des jours, son corps si gauche, si fatigué, il s'est fait mal. Plus un jardin, un cimetière, toutes ces bobines enfouies, creuser jour et nuit, déverser des brouettes de films, les recouvrir, recommencer un autre trou, des coups de pelle dans les boîtes.

Sur son ventre, le tas de films bouge au rythme de sa respiration. Si ce n'était pas elle qui l'avait assis là, Constance n'apercevrait pas son corps, recouvert de pellicules, pareil au sol, aux meubles, ces pellicules qui le protègent, l'étouffent, se vengent, l'emportent avec elles. Du pouce il caresse les images, met un peu de sang sur les silhouettes, sa transpiration, une autre trace humaine.

André ne peut plus voir ses films projetés, le 35 millimètres est trop lourd, ses muscles se tétanisent, perdent toute leur force, la bobine tombe, se répand au sol, il peste, lui donne un coup de pied, perd l'équilibre, marche sur la pellicule, abandonne. Il a des élans de haine contre ce projecteur qui lui ne s'écroule pas, colosse indifférent, les objets nous survivent.

C'est à la main maintenant qu'il regarde ses films. La journée il entrouvre un rideau, se met dans le rayon, le visage collé à la pellicule, la déroule entre ses doigts. Sans projecteur, sans vitesse, ces images perdent leur aura, plus que des instants fixes, isolés les uns des autres, inertes, des témoins muets, un passé mort. Il s'y accroche, dévide les bobines, par terre les bandes se mélangent, s'enroulent, transforment le sol en des nœuds liquides et noirs, qui attrapent la lumière, reflets brillants sur les bords, entre le bruissement des feuilles et le tranchant du verre. Qu'a-t-il fait des images ? Captives de leur pellicule, de cette épaisseur si fine qui les retient, enfermées avec lui dans ce désastre aux rideaux tirés.

Constance déplie ses jambes engourdies, prend appui sur des boîtes, avance à travers la marée de pellicules jusqu'au projecteur. Elle ouvre la bobine réceptrice, comme elle a vu Lucien le faire, prend une boîte au hasard, en sort la pellicule, la positionne sur la roue. Elle la déroule un peu, est face aux premiers virages.

— Il faut que tu l'amènes vers la gauche.

La voix rauque d'André derrière elle, presque un chuchotement.

— Maintenant, mets le pêne dessus, tire un peu plus, il faut du mou, passe dans la boucle, non dans l'autre sens, juste en dessous maintenant, c'est la même chose, un peu plus à droite, rabats-la bien vers l'intérieur, comme ça oui, fais-la sortir sur la gauche, enroule deux tours sur la bobine, oui voilà.

La pellicule est en place. Elle allume le projecteur, une lumière puissante éclaire le mur d'en face. Sur la peinture blanche défraîchie, une image tremblote et puis des ombres, en noir et blanc, s'agitent sur le mur.

Ce doit être la bobine intermédiaire, on prend l'histoire en route, on comprend qu'il y a une affaire de séduction, un jeune qui tente de convaincre un père de donner la main de sa fille, pour ça s'engage dans l'armée, ne sait pas se servir d'un pistolet.

André a le visage tourné vers l'image, la respiration apaisée et les yeux fermés. La voilà seule.

Elle s'approche sur le côté, un pas après l'autre pour ne pas effrayer le noir et blanc projeté sur le mur.

Tout près, dans l'ombre encore, elle avance une main dans la lumière qui habille ses doigts, sa paume ouverte.

Elle y entre tout entière, éblouie par le projecteur, elle ne voit plus rien, ferme les yeux. Sur son ventre les images, sur ses épaules, parmi ses cheveux, son bassin, sur ses poignets les images, dans sa nuque, entre ses lèvres, sur sa gorge les images, contre son front, sa poitrine, ses paupières les images, rien que surface, elle s'efface, épouse, abandonne.

XXVI

Buttes-Chaumont, dix heures du matin, le ciel est blanc comme une toile. Constance remonte une rue, des immeubles d'habitation de quatre étages, un luthier, une agence immobilière, beaucoup de poubelles vertes qui attendent d'être rentrées, personne sur les trottoirs. Elle suit deux cartes, passées et présentes : le GPS de son téléphone et un plan imprimé sur une feuille, des rues qui n'existent plus, ont changé de nom, de ligne. Elle avance dans ces deux géographies, celle de 1900 et celle d'aujourd'hui, deux divisions de l'espace qui se contredisent, se rejoignent parfois. Constance dans l'interstice.

55 rue de la Villette, maintenant une école maternelle, avant la maison de Léon Gaumont, le début des studios qui seront pour un temps les plus grands du monde. C'est quelque part au bout du jardin de Gaumont, sur une terrasse bitumée, qu'Alice Guy commence le cinéma. Les lieux se souviennent-ils ?

Maintenant « cours du 7e-art », avant « ruelle des Sonneries », elle remonte cette voie piétonne à la recherche de la dalle de béton, scène de ses premiers films. Retrouver les débuts, tout débuts, les lieux où se sont passées les choses.

Elle longe l'école puis un mur de pierre, plus haut qu'elle. Le jardin faisait cent mètres de long et au bout la terrasse bitumée. Soixante et un, soixante-deux, soixante-trois. Pas un bruit derrière le mur, l'heure de la récré est passée. Quatre-vingt-dix-huit, quatre-vingt-dix-neuf, cent. Constance s'arrête, c'est la fin de la cour d'école. Le mur de pierre l'empêche de voir. Tout ce qu'elle aperçoit, de l'autre côté, ce sont les cimes de quelques arbres, leurs feuilles brunes et vertes. Constance ne sait pas si ce sont des marronniers, des platanes ou des tilleuls, s'ils étaient là avant, à quoi ça ressemble un arbre d'un siècle. Peut-être qu'ils ont servi de décor, qu'on peut les voir sur pellicule, plus petits, en noir et blanc.

L'air est humide. Personne dans la cour, personne dans la rue. Constance cherche dans le sol, un béton gris-mauve, lisse, maintenant un trottoir, avant des pavés, sur combien de centimètres supplémentaires marchons-nous depuis un siècle, un peu plus haut, encore un peu plus haut. Le passé, on le rase ou on le recouvre ; si la matière pouvait juste disparaître. Sur la voie piétonne du « cours du 7e-art », pas une craquelure que Constance pourrait élargir, gratter comme une plaie, sous la croûte toucher la peau, souple, douce, la terre.

Constance se confronte au monde, à son remplacement, sa disparition. Que reste-t-il ? Tout le quartier était dédié au cinéma, Léon Gaumont, parcelle après parcelle, agrandit son empire, lui donne un nom, la cité Elgé, pour ses initiales, L.G. Il y a les bureaux, les ateliers, un magasin de décors, une imprimerie et l'immense studio : construit en 1905, c'est le plus grand du monde. Surmonté d'une imposante verrière, il domine toute la cité.

Pour qu'Alice Guy perde moins de temps en trajet, Gaumont l'installe au fond de son jardin, dans un pavillon, tout près de la terrasse bitumée. Elle est au cœur du cinéma et dirigera les studios jusqu'à son départ aux États-Unis. Mettre ses pas dans les siens. Toutes les deux, elles montent.

Autour, des immeubles d'habitation de quelques étages. Les enfants à l'école, les parents au travail, la rue inhabitée, Constance dans un décor déserté. Alice Guy travaillait ici. Alice Guy vivait ici. Ses allées et venues, ses pas, pendant des années, sa robe, son corset, ses manches relevées, l'espace rempli, saturé de sa présence, elle la voit traverser la rue, en noir et blanc, en chronophotographie, tous ses trajets imprimés dans ce lieu, qui se superposent les uns aux autres, les uns sur les autres, se répètent, s'additionnent, s'augmentent, la mémoire de l'espace, elle était là, pendant des années, Alice Guy a vingt-huit, vingt-neuf, trente-deux ans, elle fait le cinéma, va du studio aux ateliers, de la terrasse aux bureaux, dans cette rue résidentielle, cette rue morte, que reste-t-il ?

Des semaines qu'elle est sur ses traces, qu'elle la poursuit dans les livres, les réserves, les garages oubliés. Elle lui a fait découvrir un nouveau territoire, l'ampleur des images, l'arbitraire de l'Histoire. Qu'importe où marche Constance, elle marche avec elle.

Alice Guy reste Alice Guy. Constance ne l'appelle pas par son prénom, pense à elle par son nom complet. Après tout ce qu'elle a vu, lu, appris d'elle, elle ne la connaît pas. Elle n'est ni son amie ni son héritière. Elle préfère la distance à une familiarité qu'elle trouve déplacée, elle s'interdit de romancer sa vie. « Le cinéma, c'était tout ce qui comptait pour elle. » « Jusqu'au bout elle s'est dédiée aux images. » Constance n'en sait rien, n'en saura jamais rien. Elle ne veut pas la résumer à quelques symboles trop dramatiques. Ce qui fait Alice Guy est inconnaissable, c'est ce qui la rend solide, réelle, Constance lui laisse son opacité, son indépendance.

Elle recule, la rue si vide, peine à s'arracher à ce trottoir, ce mur derrière lequel étaient le jardin, la terrasse, Alice Guy. Elle se raccroche aux arbres, les seuls encore debout. L'entreprise a eu des difficultés, Léon Gaumont est mort. Le terrain a été racheté, et puis les studios ont brûlé comme souvent brûlent les studios. On les a reconstruits, on leur a ajouté une tour de communication, ils sont devenus le siège de la télé, et puis le terrain encore a été racheté. Tout a été rasé. On a construit des immeubles d'habitation, une école maternelle. On change les noms des rues, on coule du béton sur le sol, une couche supplémentaire, on gagne quelques centimètres, on s'éloigne un peu plus, on plante de nouveaux arbres dans la cour.

Constance ne suit plus de carte, elle s'enfonce dans le quartier, au hasard des croisements, un café-restaurant qui fait l'angle, devanture rouge. Entre deux époques, à cheval entre ce qui est et ce qui n'est plus. Sur le trottoir des vélos cadenassés, des scooters. Elle passe sur une grille d'écoulement, un trou dans les couches. Quelques feuilles mortes, des mégots, de petites plantes très vertes qui dépassent à peine. Constance s'agenouille, les parois sont brutes, ont l'air en pierre, des pierres d'un autre temps. La grille, récente sûrement, mais le trou, mais le fond. Des pluies d'un siècle se sont écoulées là. Elle passe ses doigts dans les interstices, tire, la plaque ne bouge pas. Elle essaie de voir, ne voit rien qu'un peu de terre, des petits cailloux blancs.

Il y a des gens maintenant, une rue presque principale. Des voitures garées, des voitures en mouvement. Ceux qu'elle croise se demandent ce qu'elle fait, qui elle est, cette manière étrange d'être dans la rue, d'examiner les gouttières, les couches de peinture, les marques au sol, avancer lentement, revenir sur ses pas, regarder encore. La démarche de ceux qui cherchent sans savoir quoi, des signes, une confirmation. À l'affût du moindre détail, tendue, sur ses gardes, Constance vibre d'une possible trouvaille, d'une rencontre avec 1900, la cité Elgé, les débuts du cinéma. Dans cet état de concentration inquiète, le moindre détail est à la fois preuve et rien du tout, exaltation et déception.

Il faut ancrer l'Histoire, garder un lien avec le réel. Les histoires s'accrochent aux lieux. Avant d'être des mots elles étaient des actes sans direction, dépouillées de finalité ; derrière les narrations rien que des actes et des lieux. Les actions passent, les décors demeurent, même si on change leur nom, là encore derrière les mots trouver ce qui reste. Les murs peuvent résister aux siècles. Constance remplie de tout ce qu'elle a lu, les débuts du cinéma, elle ne voit ni rues ni bâtiments mais une archéologie.

Et puis les films. « (...) cette transposition de la vie, ce transfert d'êtres allant, venant, respirant (...) sur la toile, comme dans la rue (...). » Les films, archives absolues, lieux de mémoire, qui capturent la réalité, la révèlent, la conservent. Sur l'image, les gens et les choses existent davantage, se déploient, se retrouvent, comme au premier jour. Certains disent que le cinéma est une forme de mort, pour Constance les pellicules se dressent entre elle et la destruction, l'incertitude, le temps qui passe. Les images, histoire solide, conquête sur l'oubli.

Elle débouche sur la rue du Plateau, voilà le seul bâtiment qui a survécu : l'atelier de vente et location de films et appareils Gaumont. Il est beau, tout en briques, fait l'angle et se prolonge jusqu'au croisement suivant. Constance s'approche. Sa façade, qui de loin semblait lisse, est une surface rugueuse, travaillée par le temps. Chaque brique est marquée par un poinçon : un cercle et à l'intérieur les initiales E. H. Nom de l'artisan ou de la fabrique, ces briques signées, posées l'une après l'autre, une construction qui ne cache pas ses sutures, garde la trace de l'homme. Le rebord des fenêtres plus foncé, rouge, leur surface noircie et de la mousse vert sombre dans les interstices. Elle la touche, rêche sous les doigts. L'entrée principale est une très haute porte arrondie. Au-dessus, un fronton blanc. Avant le nom Gaumont en lettres stylisées, maintenant un espace vide. Derrière la peinture elle essaie de retrouver le nom qu'on a recouvert, le passé est là, sous les couches.

Dans les lieux, une voie pour se rapprocher d'Alice Guy, plus des archives figées mais des traces qui palpitent, revivre ce qui s'est passé, Constance veut plonger dans ce temps, les débuts du cinéma, quand les images étaient neuves. Elle ne le sait pas, mais le bâtiment qu'elle regarde, le seul qui reste de la cité Elgé, n'a été construit qu'en 1922. Alice Guy n'a pas franchi cette entrée, n'a jamais monté ces marches.

Voilà le seul bâtiment qui demeure et il n'a jamais vu Alice Guy. Le reste de la cité Elgé a été détruit. Les lieux sont puis ne sont plus, la pierre s'effondre, les briques se brisent, gravats ramassés au bulldozer, débarrassés ; des immeubles locatifs à la place des ruines. Les traces qu'elle espère n'existent plus, qu'importe. L'absence n'arrête pas Constance, elle s'acharne, tient tête à la disparition. Elle est celle qui crée de nouvelles archives.

XXVII

— Bonjour Lucien, c'est Constance.

— Ah Constance oui, bonjour.

— Je ne vous dérange pas ? Vous allez bien ?

— Oh ça va ça va, et vous ?

— Je viens aux nouvelles, vous savez, à propos du film que je cherche.

— Ah oui, oui bien sûr.

— Est-ce que vous avez eu le temps ?

— Oh mais ma collection… Il y a eu un incendie.

— Chez vous ?

— Oui enfin, dans la grange. La collection a brûlé.

Je me suis réveillé, c'était le milieu de la nuit, j'avais soif. Je suis allé prendre un verre d'eau à la cuisine et puis la lumière ne marchait plus. Les plombs avaient sauté, ça arrive quelquefois. Je les ai fait repartir, et je me suis recouché. J'arrivais pas à me rendormir, j'entendais des bruits dehors comme de la grêle. Je me suis relevé et j'ai ouvert les volets. J'ai vu le toit de la grange qui rougeoyait, le feu était prêt à sortir.

Les caméras, les pellicules, la salle de cinéma, la cabine de projection.

— Les pompiers, ils ont mis une demi-heure pour venir.

Une grange qui brûle. Un bruit de grêle.

— Ils n'ont pu sortir que deux projecteurs. Le reste… *Pfiut.* Y a plus rien.

Elle parle mais sa voix est atone, il faut qu'elle tousse pour retrouver son timbre, et elle ne peut que répéter.

— Plus rien ?

— Avec le feu et la température, et puis ils ont tout arrosé forcément. L'eau a fait beaucoup de dégâts. Les deux projecteurs qui restent, ça va me prendre des semaines pour les remettre en marche, si je peux.

— Comment ? Vous savez comment c'est arrivé ?

Savoir ne changera rien. Pas de bonne ou de mauvaise raison.

— Ils ont retrouvé des câbles rongés. Probablement des fouines ou des souris. Ça arrive souvent à la campagne.

Lucien a la même voix qu'il y a quelques semaines, quand il lui faisait visiter sa collection. Une voix qui tend facilement vers le sourire, énergique et franche.

— Et maintenant ?

Elle lui demande pour lui autant que pour elle. Qu'est-ce qu'on fait, quand des souris rongent des fils, qu'un incendie ravage la collecte d'une vie, indifférent, qu'est-ce qu'on fait quand le film qu'on cherche se dérobe.

— J'ai un ami là, il m'a appelé pour un lot de bobines, à quarante kilomètres. Je sais pas, j'hésite encore. Peut-être que j'irai. Il faut d'abord que je remette la grange en état.

Soixante-dix-huit ans. Il parle comme s'il avait tout le temps. Comme si ce qu'il a perdu pouvait se rattraper.

— Mais…

— C'est vivant tout ça. On les récupère, on les rassemble, on les restaure. Et puis ça brûle, ça meurt, comme tout le monde

Constance s'accroche, les ongles dans les paumes, comment faire autrement ?

— C'est comme ça.

Elle a toujours haï le « c'est comme ça », le haussement d'épaules. Ne pas renoncer, résister contre le temps qui passe, l'oubli, la vie, opposer quelque chose, refuser.

Mais dans son « c'est comme ça » à lui, ni lâcheté ni paresse, elle l'entend différemment, pour la première fois, ni abandon ni tiédeur, c'est comme ça, elle entrevoit un espace, une poche d'air, immense, un endroit où elle pourrait reprendre sa respiration, le rivage inatteignable qu'elle poursuit depuis toujours peut-être juste là, lâcher, ouvrir les poings et voir qu'en fait elle ne tombe pas.

Le téléphone plaqué contre l'oreille, des larmes sur les joues, pour elle, pour la collection, pour l'incendie, pour l'arbitraire.

— Oh et puis je pense que j'irai avec mon ami. Ma foi, on se refait pas !

Comme s'il n'avait rien perdu. Comme si perdre n'avait rien de tragique.

Elle entend une voix en sourdine, reconnaît celle de sa femme, se rappelle la part de tarte qui ne l'a pas rendue malade.

— Je suis désolé je vais devoir vous laisser, le dîner est prêt. Bonne soirée Constance, et vous me tenez au courant hein, pour votre film.

Pour chaque montage, les mêmes questions. Où commencer, où terminer. Quelle sera la première image, savoir où s'arrêter. Entre les deux, des choix. Ce qui sera gardé, ce qui sera exclu. Ce qui sera raconté, ce qui sera tu.

Où s'arrêter, comment commencer.

Un récit avance toujours, il a un sens. Une ligne avec une flèche au bout. Le pouvoir de choisir. Entre le début et la fin, l'Histoire et l'histoire. L'écriture.

Ce qui sera raconté.

Ce qui sera tu.

XXVIII

Quelques mois plus tard

Elle lui a donné rendez-vous dans un cinéma de quartier. Le propriétaire a bien voulu lui prêter la salle, il n'y a aucune séance le matin.

Lucien est de passage pour récupérer un lot de pellicules, il en a acheté une quinzaine, les a laissées dans sa voiture.

La salle est vide, les lumières tamisées, les murs drapés de tentures rouges. La scène, le grand écran et à droite le néon vert de l'issue de secours.

Constance a installé son film dans la cabine. Elle sait ce qui va être projeté. Elle en connaît toutes les images, les a scrutées, choisies, montées. Elle a échoué. *Bataille de boules de neige* reste introuvable. Mais elle n'a pas encore épuisé toutes les pistes.

Il y a d'autres cinémathèques, dans d'autres pays
Des milliers de greniers, de caves et de garages
Quelques bergeries
Des ventes aux enchères
Des collectionneurs qui ne lui ont pas encore répondu
D'autres chercheurs

D'autres chercheuses

Le temps, qui engloutit beaucoup mais qui parfois fait remonter à la surface

Le hasard, dont elle a moins peur.

Ils sont assis au milieu de la salle. Deux têtes et deux bustes côte à côte, face à l'écran. Ils rejouent un rituel âgé de cent trente ans seulement, qui en rappelle d'autres, millénaires.

Lucien, qui remet en état ses deux projecteurs, qui a recommencé à empiler dans un coin des tas de pellicules.

Constance, qui s'est arrêtée. Elle est fatiguée. De nombreuses pistes à explorer encore, elle s'y engouffrera plus tard, ou peut-être pas.

Bataille de boules de neige reste introuvable. Elle s'avoue vaincue et dans cette défaite une grande puissance. Le cinéma, les origines, l'écriture de l'Histoire, Alice Guy et les images. Pour la première fois, elle s'appuie rassurée contre l'ampleur de la tâche. Son obsession sera toujours là, impossible à accomplir et c'est bien comme ça.

Elle choisit de ne pas finir, de ne rien clore, voit la perfection pour ce qu'elle est : une impasse. En laissant l'histoire inachevée, elle lui permet de continuer. Plutôt que de figer l'archive, elle la laisse vivante ; elle abandonne et en cédant elle se sent libre.

Le film qui va défiler dans le projecteur est un ensemble hybride, composite, une presque ascension. Alice Guy est là, dans l'émulsion des sels d'argent, dans les brèches, les manques. Constance a laissé les raccords visibles, son court-métrage est une construction qui se montre comme telle. Certaines parties de la pellicule restent vierges, transparentes. Ce sont les passages qu'auraient complétés les plans de *Bataille de boules de neige*. Le manque aussi a des contours, une existence, le manque aussi mérite d'apparaître. Elle fait voir les archives qu'on n'a pas encore trouvées, et celles qu'on ne trouvera jamais. Constance a apprivoisé le doute, admet l'irrésolu. Elle contrôle encore sa porte plusieurs fois, se lave les mains plus que nécessaire, mais elle peut regarder l'incertitude en face sans que l'angoisse la dévore.

Son film est imparfait et inachevé. En donnant sa place au vide il permet un récit qui n'annule pas les autres, il autorise toutes les histoires, ailleurs, plus tard. Son film est infini.

Elle sent que les rushes nécessaires pour accomplir l'ascension, mener Alice Guy au mont Blanc, lui échapperont toujours. Tant mieux. Pas de quête sans disparition, pas d'écriture sans absence. La recherche est démesurée, irrésistible, inépuisable, et l'Histoire un manque perpétuel, un manque nécessaire ; pour qu'un film soit visible il faut un rayon de lumière et une salle obscure.

Le coussin du fauteuil rouge, le tissu doux des accoudoirs. À côté d'elle, un autre, ils sont deux spectateurs pour son film. La salle s'assombrit. Le silence, juste avant. La toile noire puis le faisceau du projecteur. Les poussières dans la lumière, au-dessus de leur tête.

Et sur l'écran, les images.

Références bibliographiques

Page 20 : *La Fée-Cinéma, autobiographie d'une pionnière*, Alice Guy, « L'Imaginaire », Gallimard, 2022, page 45.

Page 25 : *Idem*, page 70.

Pages 31 et 34 : « Au temps des ombres... », Maxime Gorki, dans *Le cinéma : naissance d'un art (1895-1920)*, Champs arts, 2008, page 48.

Page 41 : *La Fée-Cinéma, autobiographie d'une pionnière*, *op. cit.*, page 132.

Page 70 : d'Alice Guy in LG379-B50 - Fonds Louis Gaumont - La Cinémathèque française.

Pages 78-79 : *La Fée-Cinéma, autobiographie d'une pionnière*, *op. cit.*, page 105.

Page 195 : « Le spectre des vivants », Jules Claretie, dans *Le cinéma : naissance d'un art (1895-1920)*, *op. cit.*, page 42.

Références cinématographiques

Page 27 : *Dawson City : Frozen Time*, Bill Morrison, 2016.

Pages 33-34 : *Films chronophotographiques 1890-1904, Étienne-Jules Marey*, collection de la Cinémathèque française, 2007.

Pages 77 et 103 : *2001: A Space Odyssey*, Stanley Kubrick, 1968.

Page 114 : *Monkeyshines No. 1 et No. 2*, William K. L. Dickson et William Heise, 1889 ou 1890.

Page 127 : *Effets de mer*, Pathé Gaumont Archives, 1899.

Page 132 : *The Big Swallow*, James Williamson, 1901.

Ressources (non exhaustives) sur Alice Guy

La Fée-Cinéma, autobiographie d'une pionnière, Alice Guy, « L'Imaginaire », Gallimard, 2022.

Alice Guy, Autobiographie d'une pionnière du cinéma, Alice Guy, Éditions Denoël, 1976.

Alice Guy - L'inconnue du 7e art, Valérie Urréa et Nathalie Masduraud, Arte, 2021.

Alice Guy, Catel & Bocquet, Casterman, 2021.

Be Natural : The Untold Story of Alice Guy-Blaché, Pamela B. Green, 2018.

Alice Guy-Blaché, Lost Visionary of the Cinema, Alison McMahan, Bloomsbury Academic, 2003.

Le Jardin oublié : la vie et l'œuvre d'Alice Guy-Blaché, réal. Marquise Lepage, prod. ONF, 1995.

Alice Guy-Blaché (1873-1968). La première femme cinéaste du monde, Victor Bachy, Institut Jean Vigo, 1993.

REMERCIEMENTS

L'écriture de ce livre a bénéficié du soutien de la fondation suisse pour la culture Pro Helvetia, du dispositif LittératurePro de l'État du Valais et du Château de Lavigny, résidence internationale pour écrivains - Fondation Ledig-Rowohlt.

Dans ma découverte de l'histoire du cinéma, j'ai eu plusieurs guides, qu'ils et elles en soient tous et toutes remercié.e.s. En particulier Martin Barnier, Jean-Claude Seguin, Laurent Mannoni et la Cinémathèque française, Serge Bromberg et Lobster Films Béatrice de Pastre et le CNC, Frédéric Maire et la Cinémathèque suisse, Manuela Padoan et les Archives Gaumont-Pathé. Merci à elles et eux pour leur disponibilité et leur patience face à mes nombreuses questions.

Merci à Laurent Le Forestier, qui m'a fait toucher du doigt ce que pouvait être le métier d'historien.ne.

Merci aux personnes qui participent à l'histoire du cinéma et à sa conservation, en particulier Frédéric Rolland, Gérard Langot et la famille Grenier.

Merci à Jean-Marie Laclavetine et à Anne Vijoux d'avoir aidé Constance à sortir du labyrinthe.

Merci aux personnes qui me sont proches, qui recueillent mes doutes et accompagnent mon texte. En particulier Joy Majdalani, Laurine Thizy et Thomas Flahaut.

Merci à Maxence, qui lave ma tasse de thé tous les matins.

À mes parents, toujours.

Et merci aux écureuils.

Composition : IGP-CP à L'Isle-d'Espagnac (16).
Achevé d'imprimer sur Roto-Page
par l'Imprimerie Floch
à Mayenne, en mars 2023.
Dépôt légal : mars 2023.
Numéro d'imprimeur : 102136.

ISBN 978-2-07-299972-7 / Imprimé en France.

548846